I0686227

AJAX

ET

SA BLANCHISSEUSE

COMÉDIE-VAUDEVILLE EN TROIS ACTES

PAR

MM. EUGÈNE GRANGÉ, MONTJOYE et CHAULIEU

Représentée pour la première fois, à Paris, sur le théâtre des VARIÉTÉS, le 21 novembre 1863

PARIS

MICHEL LÉVY FRÈRES, LIBRAIRES ÉDITEURS

RUE VIVIENNE, 2 BIS, ET BOULEVARD DES ITALIENS, 15

A LA LIBRAIRIE NOUVELLE

—

1864

1863
(C.)

Distribution de la pièce:

AJAX CAMISARD, professeur de guitare MM. GRENIER.

BIMOUTON, restaurateur et propriétaire CH. BLONDELET

PRUDLAY, rentier.................. COUDER.

CLOVIS, garçon d'hôtel............. HITTEMANS.

GRIVOT, employé au chemin de fer.. COURTÈS.

UN CHEMISIER.................... DELIÈRE.

UN INVITÉ...................... CHARIER.

UN COCHER DE FIACRE............. VICTOR.

UN GARÇON DE RESTAURANT........ THÉODORE.

ZOÉ, jeune blanchisseuse.......... Mlles MARTINE.

MADAME PRUDLAY.............. ALINE DUVAL.

VICTOIRE, bonne des Prudlay....... FÉLICIE.

UN DOMESTIQUE, GARÇONS TRAITEURS, GENS DE LA NOCE.

La scène se passe à Paris, de nos jours.

Toutes les indications sont prises de la gauche et de la droite du
du spectateur. — Les personnages sont inscrits en tête des scènes,
dans l'ordre qu'ils occupent au théâtre. — Les changements de
position sont indiqués par des renvois au bas des pages.

AJAX

ET

SA BLANCHISSEUSE

ACTE PREMIER

Une chambre garnie à l'hôtel *des Princes*, rue Richelieu. — Porte d'entrée au troisième plan à droite ; autre porte au troisième plan à gauche. — Au fond une cheminée. — Au deuxième plan, à droite, un petit bahut. — Du même côté, sur le devant, une table. — Une baignoire sur le devant à gauche, placée en long, et à moitié entourée par un paravent.—A côté du paravent, une chaise sur laquelle est jeté un coin du feu. — Fauteuils, chaises, etc.

SCÈNE PREMIÈRE

AJAX CAMISARD, seul, dans la baignoire recouverte d'un drap ; sa tête fait face au public, il tient un journal ; puis CLOVIS, et enfin ZOÉ.

AJAX, lisant.

« Le roi du Monomotapa a reçu en audience particulière l'envoyé du Mississipi... Tout le monde, ici, s'attend à un événement... » (S'interrompant.) Je vous demande ce que ça peut me faire?

CLOVIS, entrant par la droite *.

Monsieur a sonné?

AJAX.

Non.

CLOVIS.

Pardon! j'avais cru... Monsieur a-t-il besoin de quelque chose ?

* Ajax, Clovis.

AJAX.

Pas pour le moment... Laissez-moi tranquille, je lis le journal.

CLOVIS, s'approchant.

Ah!... quoi de neuf, monsieur ?

AJAX.

Hein ? plaît-il ?

CLOVIS.

Je demande à monsieur s'il y a du nouveau....

AJAX.

Ah çà ! partirez-vous ?

CLOVIS.

Suffit, je m'en vas. Si monsieur a besoin de moi, il n'aura qu'à sonner... ou à appeler... Je m'appelle Clovis, comme le troisième roi mérovingien ! (Il va pour sortir.)

AJAX.

C'est bon !... c'est bon ! (A lui-même.) Ce garçon est insupportable.

CLOVIS, revenant.

Monsieur....

AJAX, avec impatience.

Eh bien, quoi encore ?

CLOVIS.

Monsieur, c'est la blanchisseuse, mam'zelle Zoé.

AJAX.

C'est bien... donnez-moi ce coin du feu... et fermez ce paravent.

CLOVIS, mettant le coin du feu sur une chaise près de la baignoire et fermant le paravent.

Voilà, monsieur.

ZOÉ, un panier de blanchisseuse au bras, paraissant à la porte de droite *.

On peut entrer ?

CLOVIS.

Oui, monsieur est clos.

AJAX, derrière le paravent.

Allez !... laissez-moi ! (Clovis sort par la droite.)

* Ajax, Clovis, Zoé.

SCÈNE II

AJAX, derrière le paravent, ZOÉ.

AJAX.

Vous rapportez mon linge ?

ZOÉ, tirant un paquet de son panier qu'elle a posé à terre.

Le voilà !... si vous voulez compter ?

AJAX.

Je m'en rapporte à vous.

ZOÉ, mettant le paquet sur la table à droite.

Oh ! tout y est... et parfaitement repassé... c'est notre habitude... pour le soin et l'exactitude, personne ne s'est jamais plaint de nous à l'hôtel des Princes, ni ailleurs.

AJAX.

Je commençais à croire que vous ne viendriez pas... ce qui m'aurait contrarié, vu que je n'avais plus une chemise blanche à me mettre sur le dos. Quand on arrive de voyage...

ZOÉ.

Je vas vous dire, je suis un peu en retard, parce que j'ai eu pas mal de tintoin, ce matin... car je me marie aujourd'hui.

AJAX.

Ah ! bah ! vous vous mariez aujourd'hui ?,

ZOÉ.

Oui, à midi, aux Petits-Pères... Et faut que je me dépêche de rendre le linge aux pratiques, pour être libre, le reste de la journée... Avez-vous quelque chose à donner ?

AJAX.

Certainement... dans le petit meuble...

ZOÉ, cherchant dans le bahut.

C'est un brun... assez joli garçon.

AJAX.

Qui ça ?

ZOÉ.

Mon prétendu, pardi !... Il est employé au chemin de fer de l'Est... comme chauffeur.

AJAX.

Ah! jolie profession !

ZOÉ.

On dit qu'il est très-jaloux, qu'il bat les femmes... faut-y prendre tout ?

AJAX.

Prenez tout !

ZOÉ.

Vous trouverez peut-être vos chemises un peu rétrécies...
la toile neuve, ça rétrécit toujours. Croyez-vous que je sois
heureuse avec lui ?

AJAX.

Ah ! dame, le mariage est une loterie.

ZOÉ, mettant le linge sale en tas et en faisant un paquet.

Je prends tout ce que je trouve d'abord...

AJAX, paraissant en pantalon, chemise de flanelle rouge et coin du feu.

Prenez, mon enfant, prenez !

ZOÉ.

Ah ! monsieur, c'est un fier casse-tête que de se marier !

AJAX.

Par bonheur, ça n'arrive pas tous les jours.

ZOÉ, reprenant son panier.

Allons, v'là qu'est fait ! Adieu, monsieur. (Elle remonte.)

AJAX.

Adieu... Ah !... (Zoé s'arrête.) En descendant, faites-moi le
plaisir de dire au garçon de m'apporter une tasse de chocolat.

ZOÉ.

Bien, monsieur ! Votre servante.

AJAX.

Bonjour !... Et amusez-vous bien à la noce.

ZOÉ, revenant.

Oh ! quant à ça, je vous en réponds !

Air *de la Fête du pays.*

Je veux m'amuser l' jour d' mon mariage.
J' vas-t-y m'en donner ! Je vas-t-y danser !
Pour les jours de peine et les jours d'ouvrage,
J' veux prendr' du bon temps et me trémousser !
Tradéri da, da, da, da! je m' mets en ménage,
Tradéri di, di, di, di! je veux m'amuser,
    Tradéri dera, l' jour du mariage ;
        On n'est pas certain
        D' s'amuser l' lend'main !

Ce soir, chez l'traiteur, je veux fair' bombance,
Avoir, comme on dit, mon petit plumet ;
Je veux, sans manquer un' seul' contredanse,
Risquer tous les pas qu' la moral' permet.
J'entends qu'aujourd'hui mon mari n' lésine,
Ni sur la musiqu', ni sur la cuisine ;

Je veux qu'on badine
Jusques au matin ;
Puis, au jour enfin,
Rev'nir chez nous en citadine !...

(Parlé.) C'est les voisines qui vont être ébouriffées !... il me semble que je les entends d'ici : « Tiens ! c'est la p'tite Zoé, avec son mari... En voiture !... Mazette !... qui donc qu'elle a épousé ?... un prince brésilien ou un fabricant de caoutchouc ? » (Petite voix naturelle.) Mais allez donc, cocher !... Allez donc !... clic !... clac ! Ah ! quel genre !... quelle mousse !

REPRISE DE L'AIR.

Oh ! oh ! oh ! oh ! oh !
Je veux m'amuser l' jour d' mon mariage...
Et, etc.

(Elle sort par la droite.)

SCÈNE III

AJAX, seul.

Elle est gentille, cette petite... (S'asseyant à gauche.) Continuons la lecture de mon journal. (Lisant.) « Le misérable Chabouillard, qui vient de jeter l'épouvante dans le département de la Drôme, en assassinant treize personnes, était connu partout pour son extrême douceur... Sa bonté était en quelque sorte proverbiale... Il a composé des poésies élégiaques... »

SCÈNE IV

AJAX, CLOVIS, entrant par la droite.

CLOVIS, avec un plateau.

Le chocolat demandé. (Il le pose sur la table et met le paquet de linge sur le bahut.)

AJAX.

Déjà ?

CLOVIS.

Ah ! c'est que c'est le chocolat du 11, votre voisin !

AJAX.

Comment ?

CLOVIS.

Oh ! monsieur... il ne l'a pas pris.

AJAX.

Espérons-le !

CLOVIS.

Monsieur aurait tort d'être dégoûté de cette tasse de chocolat. Nous n'avons ici que des personnes riches, des gens bien... Et, entre gens bien, on aurait tort d'être dégoûté... Et tenez, monsieur, moi qui vous parle, je mange quelquefois dans les plats, avant de les servir... et ça ne me dégoûte pas !

AJAX.

Ah ! bon !... (Il se lève.)

CLOVIS, d'un ton sententieux.

Monsieur, dans la nature, tout mange, ou tout est mangé.

AJAX.

Allons, c'est bien, faites-moi grâce de vos aphorismes.

CLOVIS.

Monsieur, il m'arriva, un certain jour...

AJAX, avec impatience.

Assez ! en voilà assez ! allez !...

CLOVIS.

Ça suffit, monsieur... je m'en vas. (A part.) Il n'est pas *causard*. (Il sort par la droite.)

SCÈNE V

AJAX, seul.

Si j'ai traité ce garçon comme un laquais, ce n'est pas parce qu'il est domestique... loin de moi la pensée d'humilier mon semblable, si différent de moi qu'il puisse être ! Mais, quand on n'a pas le sou, il faut être insolent. (Au public, s'asseyant et versant le chocolat dans la tasse et faisant des tartines beurrées.) Ah çà , me direz-vous, comment se fait-il que vous, Ajax Camisard, professeur de guitare assez en réputation, vous preniez un bain parfumé, dans une chambre de l'hôtel des Princes, que vous commandiez une tasse de chocolat à la vanille, et que vous veniez nous dire, chaudement enveloppé dans un coin du feu : « Je n'ai pas le sou ! » Vous n'avez pas le sou, c'est-à-dire que vous n'avez pas cent mille francs dans votre tiroir? Eh bien , non, parole d'honneur, je n'ai pas ce qui s'appelle le sou... pas un décime, pas un rougeliard... zéro à la clef !...— Mais enfin, par quel hasard ?... — Voilà ! (Se levant et prenant le ton du récit.) Il y a environ trois mois, je donnais des leçons à la fille d'un sieur Bimouton, restaurateur, boulevard des Martyrs, et propriétaire de plusieurs immeubles... Comme Saint-Preux, je devins amoureux de mon élève, et je dois dire que, de son côté, elle me parut

très-disposée à jouer le rôle d'Héloïse... pas celle d'Abélard...
l'autre... la nouvelle...

AIR : *Tyrolienne de un de plus.*

Avec ell', trois fois par semaine,
Déchiffrant une tyrolienne,
De ma main, je guidais la sienne,
Et les soupirs que nous poussions
S' mêlaient aux variations.
La, la, la, la-ou, la, la, la, la...
C'étaient des r' gards langoureux,
A nous décrocher les yeux.
La, la, la, la-ou, la, la, la, la,
Ah! ah! ah! ah! ah!
Voilà
Voilà l'histoir' de c' temps-là!

DEUXIÈME COUPLET.

Attentifs à notre ramage,
Les oiseaux du voisin bocage
Suspendaient soudain leur langage ;
Et les oiseaux étaient jaloux,
En écoutant nos la-la-ous.
La, la, la, la. la-ou, la, la, la, la...
Oui, nos accords, nos duos,
Faisaient bisquer les *moigneaux*!
La, la, la, la, la-ou, la, la...
Ah! ah! ah! ah! ah!
Voilà,
Voilà l' bonheur de c' temps-là!

(Allant se rasseoir près de la table et prenant son chocolat.)

Hélas ! ce bonheur fut de courte durée ! un jour, le papa
Bimouton me surprit aux pieds de son héritière... J'eus beau
protester de mon amour, de la pureté de mes intentions...
Ce fricoteur, insensible à la mélodie, me flanqua à la porte,
sous le prétexte frivole que sa fille était trop jeune pour se
marier. O Ernestine! tu ne te trouvais pas trop jeune, toi!...
Et c'est la voix brisée par les sanglots que tu m'adressas un
adieu éternel... quant à moi, je cherchai des distractions à
mon désespoir... les voyages, la table, le jeu... J'en éprou-
vai quelque soulagement... notamment à Hombourg, où je
fus complétement soulagé... de ma bourse. Revenu, il y a
trois jours à Paris, sans un sou vaillant, je courus chez quel-
ques-uns de mes élèves qui me doivent des cachets... Tout
mon monde était en voyage, ou à la campagne... (Se levant.)
Et voilà comme quoi je me trouve à sec à l'hôtel des Princes,
où l'on ne me demande rien, parce qu'on me croit à mon
aise... J'emprunterais bien à mes amis... (On frappe à la porte
de droite.) Entrez !... Si j'en avais... (On frappe encore.) Entrez
donc !... Mais je n'en ai pas... (On frappe plus fort ; avec impatience.) Ah !... à la fin !...

1.

SCÈNE VI

AJAX, BIMOUTON.

BIMOUTON, entr'ouvrant la porte de droite.

Pardon! je ne vous dérange pas?

AJAX, très-surpris.

M. Bimouton! vous ici! par quel heureux hasard?. .

BIMOUTON, s'avançant.

Mon Dieu, oui, c'est moi... j'ai appris par la *Gazette des Étrangers*, que je reçois gratis, que vous étiez de retour à Paris, logé rue de Richelieu, à l'hôtel des Princes... Peste! jeune homme, quel genre!... il paraît que le voyage vous a réussi?

AJAX.

Mais... oui... oui... pas trop mal. (A part,) Parlons-en!

BIMOUTON.

Vous avez sans doute donné des concerts à l'étranger?... on dit que ça rapporte beaucoup.

AJAX.

Oui... oui... pardon de vous recevoir dans ce négligé!.. je viens de prendre un bain... (Lui avançant une chaise.) Mais asseyez-vous donc!

BIMOUTON.

Merci!... ne faites pas attention... je ne suis pas fatigué. (Il passe à gauche.)

AJAX *.

Et qui me procure le plaisir?...

BIMOUTON, s'asseyant.

Quel mauvais temps!

AJAX, s'asseyant aussi.

Affreux!

BIMOUTON.

Il y aura de l'orage.

AJAX.

Je le crains.

BIMOUTON.

Je préfère un temps sec.

AJAX.

Ne me parlez pas de l'humidité.

BIMOUTON.

On se crotte...

* Bimouton, Ajax.

AJAX.

On a les pieds mouillés.

BIMOUTON.

A moins de porter des chaussures imperméables.

AJAX.

Oui, il y a les chaussures imperméables.

BIMOUTON.

Ou de prendre une voiture.

AJAX.

Encore. (Chorchant à changer la conversation.) Mais pardon, qui me procure?...

BIMOUTON.

J'en ai une.

AJAX.

Quoi ?

BIMOUTON.

Une voiture... à l'heure.

AJAX.

Ah! (Insistant.) Mais pardon !...

BIMOUTON, regardant autour do lur.

Vous êtes très-bien ici.

AJAX.

Assez bien.

BIMOUTON.

Ça doit être salé ?

AJAX.

Oh!... c'est un détail. (A part.) Je le trouve rabêti!

BIMOUTON, regardant la cheminée.

J'aime assez les cheminées à la prussienne.

AJAX.

Quand elles ne fument pas.

BIMOUTON.

Est-ce que la vôtre fume ?

AJAX.

Je n'en sais rien, je n'ai pas encore fait de feu... (A part.) Est-ce que ça va continuer longtemps comme ça? (Haut.) Permettez, monsieur Bimouton...

BIMOUTON, très-aimable.

Monsieur Camisard ?

AJAX.

Si nous changions de conversation, hein ?...

BIMOUTON.

J'y pensais.

AJAX.

Certainement la pluie, le beau temps et les cheminées à la prussienne, c'est fort intéressant ; mais je suppose que ce n'est pas pour me parler uniquement de cela que...

BIMOUTO.

En effet.

AJAX.

Eh bien, donc?...

BIMOUTON.

J'avoue que j'attendais que vous commençassiez.

AJAX.

C'est que j'attendais que vous vous expliquassiez... (A part.) Je lui rends son subjonctif !

BIMOUTON, toussant avec embarras.

Hum! hum!... C'est assez vétilleux...

AJAX.

Expliquez-vous, de grâce.

BIMOUTON.

Entre nous, je suis désolé de...

AJAX.

De quoi ?

BIMOUTON.

Enfin, vous savez... on a des moments d'humeur... Et puis...

AJAX.

Et puis?...

BIMOUTON.

Bref, il s'agit de ma fille Ernestine.

AJAX, vivement et se levant.

Je n'osais vous en parler... elle va bien ?

BIMOUTON, se levant aussi.

Très-bien !... quoiqu'un peu souffrante... depuis votre départ.

AJAX.

Pauvre ange !... (A Bimouton.) Pardon, ce mot m'est échappé.

BIMOUTON.

Il n'y a pas de mal.

AJAX, surpris.

Ah bah !

BIMOUTON.

Oui, elle s'ennuie de ne plus faire de musique.

AJAX.

La nostalgie de la guitare.

BIMOUTON.

Je crois qu'elle vous regrette.

AJAX.

Chère Ernestine!... (A Bimouton.) Pardon! encore un cri du cœur!

BIMOUTON.

Allez, allez toujours!

AJAX.

Comment! ça ne vous fâche pas?

BIMOUTON.

Au contraire, j'en suis ravi!

AJAX.

Est-il possible?

BIMOUTON, lui tendant la main.

Voyons, que tout soit oublié! franchement, je venais vous proposer de dîner aujourd'hui ensemble, avec elle.

AJAX.

Avec votre fille?

BIMOUTON.

Oui, chez moi... nous passerons la journée en famille. Acceptez-vous?

AJAX.

Si j'accepte? comment donc! mais avec joie... avec transport!...

BIMOUTON, à part.

Il l'aime toujours! (Haut.) Habillez-vous... j'ai une petite course à faire... dans un instant, je reviens vous prendre pour vous conduire près d'Ernestine. (Il remonte à droite.)

AJAX *.

Ah çà, mais vous avez donc changé d'idée à mon endroit?

BIMOUTON.

Eh bien, oui! je suis bon père, je cède aux instances de ma fille, à ses larmes... je ne veux plus m'opposer à son bonheur... je consens, je vous la donne.

AJAX.

Elle que vous m'avez refusée, il y a un mois, sous pré-

_____
* Ajax, Bimouton.

texte qu'elle était trop jeune!... Elle a donc bien vieilli depuis?

BIMOUTON, riant.

De l'esprit!... ah! ah! j'aime ça!... (A part.) Il le fallait!... Ernestine est coiffée de ce brigand-là... c'est un drôle de goût... mais enfin... elle me faisait une vie!... (Haut.) Allons, à bientôt!

AJAX.

A bientôt!

ENSEMBLE.

AIR : *Au revoir, M. Biscotin.*

BIMOUTON.

Habillez-vous promptement!
　Ma fille vous attend,
　Je reviens à l'instant!
Oui, livrez-vous à l'espoir ;
　Elle a su m'émouvoir,
　　Vous allez la voir !

AJAX.

Je m'habille promptement.
　Votre fille m'attend,
　Revenez à l'instant !
Ah! pour moi quel doux espoir!
　Elle a su l'émouvoir,
　　Je vais la revoir !

(Bimouton sort par la droite.)

SCÈNE VII

AJAX, puis CLOVIS.

AJAX, seul.

Quel bonheur!... La revoir, dîner avec elle, et dans quelque temps, son mari !... En voilà une veine!... vite, habillons-nous!

CLOVIS, entrant par [la droite *.

Monsieur !...

AJAX.

Encore toi?

CLOVIS.

Pardon, monsieur, c'est le 11, qui demande à vous parler.

AJAX.

Le 11?... connais pas!... qu'est-ce que c'est que ça?

-　* Ajax, Clovis.

CLOVIS.

C'est ce voyageur arrivé d'hier, qui était à table d'hôte à côté de vous!

AJAX.

Un gêneur!... qu'est-ce qu'il me veut? je suis pressé, je ne reçois pas.

CLOVIS.

Bien, monsieur! je vas lui dire.

AJAX.

Dis que je suis sorti.

CLOVIS.

Bien, monsieur, ça suffit! (A Prudlay qui paraît à droite.) Monsieur est sorti. (Il sort par la droite, après l'entrée de Prudlay, en emportant le plateau.)

SCÈNE VIII

AJAX, PRUDLAY.

PRUDLAY, s'approchant et gaiement.

Comment! comment! sorti! quelle est cette facétie?

AJAX, à part.

Je ne l'échapperai pas!

PRUDLAY, lui tendant la main.

Eh! bonjour, cher ami!... que je suis donc enchanté d'avoir fait votre connaissance à table!... Vous avez bien passé la nuit?

AJAX.

Non! non... très-mal, au contraire, j'ai la migraine, la fièvre...

PRUDLAY.

Ah bah!

AJAX.

J'allais m'habiller pour aller chez mon médecin.

PRUDLAY.

En vérité?... vous êtes malade? vous vous portiez si bien hier au soir!

AJAX.

Pardon, mais il faut...

PRUDLAY.

Faites! ne vous gênez pas pour moi (Il s'assied près de la table.)

AJAX, à part.

Ah! quel crampon! (Haut.) Permettez, je suis un peu pressé, je suis attendu...

PRUDLAY.

Ah! ah! mon gaillard, par une femme? (Il lui porte une botte avec la main.)

AJAX, à part.

Il est libre!... De quoi se mêle-t-il?

PRUDLAY.

Chez votre belle, sans doute?

AJAX, tout en allant chercher son habit qu'il pose sur une chaise à gauche.

Eh bien, oui!... oui... chez ma belle, précisément.

PRUDLAY.

Farceur!... Est-elle jolie?

AJAX.

Très-jolie!

PRUDLAY.

Et elle vous aime?

AJAX.

Elle m'idole, elle m'idolàtre... c'est du délire!

PRUDLAY.

Alors, je vous plains!

AJAX.

Plaît-il?

PRUDLAY, se levant.

Quoique, après tout, une maîtresse... (Passant à gauche.) Ah! vous êtes heureux d'être libre, d'être garçon... moi, je suis marié, hélas!

AJAX, apprètant ses effets pour sa toilette et les mettant sur la chaise près de la table*.

Cette cravate, ce gilet... (A Prudlay.) Vous dites : hélas! Est-ce que votre femme?...

PRUDLAY.

Au contraire!... (D'un air désolé.) Je n'ai rien à lui reprocher... hélas!... car elle est honnête.

AJAX.

Et ça vous contrarie?

PRUDLAY.

Ça me désole!... (Se disposant à commencer un récit.) Ma femme, mon cher...

* Prudlay, Ajax.

AJAX.

Oh ! une histoire !... pardon, ce sera pour une autre fois...
j'ai à m'habiller. (Il remonte.)

PRUDLAY, le suivant.

Faites !... (Reprenant.) Ma femme, mon cher monsieur...

AJAX, à part *.

Il ne s'en ira pas... (Il va prendre son chapeau et le brosse.)

PRUDLAY, le suivant toujours.

Ma femme est insupportable.

AJAX, à part.

Pas tant que toi !

PRUDLAY, continuant.

Acariâtre, exigeante, jalouse !... Et voilà vingt ans que je
traîne ce boulet !

AJAX.

Permettez...

PRUDLAY.

Oui, mon cher, vingt ans !... Et pas moyen de briser ma
chaîne !... impossible de trouver un motif de séparation...
pas un zeste à lui reprocher... c'est désolant ! (Il donne, en
gesticulant, un coup de poing dans le chapeau que brosse Ajax.)

AJAX, avec colère.

Monsieur... à la fin !...

PRUDLAY.

J'espère toujours qu'elle me fournira un prétexte... je lui
dresse des embûches, je tends des souricières .. je m'absente,
je voyage... Elle ne bronche pas !... inaltérable comme
l'encre de la petite vertu !... un lis sans tache... la déesse
Vesta, quoi ! la déesse Vesta !

AJAX, à lui-même.

Quel crampon ! quel crampon !

PRUDLAY.

Un crampon ! vous avez dit le mot (Ajax fait un geste d'impatience.) Mais je ne me découragerai pas.

AJAX, cherchant à le faire partir.

Vous ferez bien !

PRUDLAY.

J'arriverai à une séparation à l'amiable...

AJAX, même jeu.

Parfait...

Ajax, Prudlay.

PRUDLAY.

Même, s'il faut qu'elle soit judiciaire, elle le sera, mon cher... je vous donne mon billet qu'elle le sera !

AJAX, le poussant toujours vers la porte, à droite.

Soit ! j'y consens !

PRUDLAY.

Je suis las de cette femme-là ! j'en ai assez ! j'en ai assez !

AJAX, répondant à sa propre pensée.

Et moi aussi !... et moi aussi !...

PRUDLAY, vivement et revenant à lui.

Hein ?... et vous aussi ?... vous la connaissez donc ?

AJAX, criant.

Qui ?

PRUDLAY.

Ma femme.

AJAX.

Moi ?... je connais ?...

PRUDLAY.

Ce « moi aussi » qui vous est échappé, me semble louche.

AJAX, à part.

Quelle patience ! (Haut, avec colère.) Monsieur, encore une fois je vous répète...

PRUDLAY, tranquillement.

Air : *Ah ! si madame me voyait.*

C'est bien ! allons pas de fracas !
De vous à moi point de bisbille !

AJAX, piétinant.

Je vais sortir... il faut que je m'habille...

PRUDLAY.

Eh bien, faites !... point d'embarras !
Entre homm's on ne se gêne pas.

AJAX.

A vous-même je m'en rapporte.

PRUDLAY.

En ce cas je reste...

AJAX.

En ce cas,
Mon cher, je vous mets à la porte.

PRUDLAY, parlé.

Comment à la porte ?

AJAX, finissant l'air.

Entre homm's on ne se gêne pas ! (*Bis.*)

PRUDLAY, d'un air vexé.

Il suffit, monsieur, je me retire...

AJAX, à part.

C'est heureux !

PRUDLAY.

Je serais désolé d'être importun...

AJAX, poussant un soupir de soulagement.

Enfin !

PRUDLAY, à part, sur le seuil de la porte.

C'est égal, ce « moi aussi » m'est suspect. Serais-je sur une piste?... oh ! j'arriverai à une séparation !... (Haut.) A bientôt, cher monsieur, à bientôt !... (Il sort par la droite.)

SCÈNE IX

AJAX, puis CLOVIS.

AJAX, seul.

Au plaisir de ne pas te revoir !... Le diable emporte cet animal avec ses histoires !... Est-ce que ça me regarde ?... Est-ce que je connais ces gens-là? je me fiche bien de lui et de sa... voyons, à ma toilette, vivement !... (Prenant sur le bahut le paquet de linge et le mettant sur la table.) Mettons ma chemise brodée... ma plus belle.... mon Ernestine adore le beau linge... (Tout en parlant il a ouvert le paquet.) Ah! grand Dieu ! mais cette blanchisseuse s'est trompée !... une layette !... je n'entrerai jamais là-dedans !... (Il montre une brassière.) Elle m'a dit : « la toile neuve rétrécit !... » Mais pas à ce point-là !... sapristi ! saperlipopette ! Et elle a tout emporté !... me voilà gentil !... je n'ai pas même *un indispensable,* comme disent les *anglich*... je ne puis pas me présenter devant ma future, en chemise de flanelle... c'est sain, c'est hygiénique; mais ça n'est pas habillé !... quelle position !...

CLOVIS, entr'ouvrant la porte de droite *.

Pardon, monsieur...

AJAX, avec impatience.

Quoi?

CLOVIS.

Excusez-moi, si je vous dérange; mais si, par hasard, monsieur avait besoin de renouveler sa garde-robe, je me permettrais de lui recommander mon beau-frère qui est le premier... mais le seul premier des chemisiers de Paris.

* Ajax, Clovis.

AJAX, vivement.

Un chemisier !... où est-il?

CLOVIS.

Ici... dans l'hôtel... il attend sur l'escalier.

AJAX.

Quel coup du sort !... qu'il entre !... (Clovis disparaît un instant.) Un chemisier, c'est Cupidon qui l'envoie ! (Clovis rentre par la droite avec le chemisier.)

SCÈNE X

LES MÊMES, UN CHEMISIER, suivi d'un domestique portant un carton.

LE CHEMISIER, en habit noir, cravate blanche, après avoir salué gravement Ajax *.

Monsieur désire commander des chemises ?

AJAX, qui s'est assis à droite.

Oui, j'en ai beaucoup... mais dont je ne suis pas satisfait... j'en voudrais d'autres plus belles... dans le goût du jour... (A part.) De l'aplomb !

LE CHEMISIER.

Très-bien !... si monsieur veut prendre la peine d'essayer ceci... (Il tire du carton un plastron de batiste séparé en quatre compartiments de divers dessins et le met à Ajax qui s'est levé.)

AJAX.

Comment ?... un fragment!

LE CHEMISIER.

C'est un plastron... un simple modèle. (Il lui prend mesure. Dictant au domestique qui écrit sur un carnet.) 34.

AJAX, à part.

Diable !...

LE CHEMISIER, dictant.

36. (A Ajax.) Levez le bras.

AJAX.

Vous n'auriez pas quelque chose de plus... complet?

LE CHEMISIER, continuant à prendre mesure et dictant.

82. (A Ajax.) Je ne porte avec moi que des échantillons... mais cela suffira.

AJAX, à part.

Au fait! en croisant mon gilet...

* Clovis, le Domestique, le Chemisier, Ajax.

LE CHEMISIER.

Combien monsieur désire-t-il de... ?

AJAX.

Vous m'en ferez six douzaines...

LE CHEMISIER.

Et quelle disposition, quel dessin monsieur choisit-il?

AJAX.

Oh ! ça m'est égal... mettez-moi un peu de tout... pana-chez-moi ça... En attendant, je garde cette chemisette...

LE CHEMISIER.

Monsieur veut plaisanter, sans doute?

AJAX.

Non, vraiment,. ce plastron a de l'œil, et...

LE CHEMISIER.

Un échantillon ! fi donc ! d'ailleurs je ne confectionne que sur mesure ; je ne fais pas de chemises toutes faites.

CLOVIS.

C'est l'habitude de la maison.

AJAX, voulant garder le plastron.

Mais puisqu'il me convient comme ça...

LE CHEMISIER.

Vous m'offririez une couronne que je ne vous le laisserai pas !... (Il enlève le plastron et le jette au domestique qui le serre.)

AJAX, à part.

Sapristi !

LE CHEMISIER.

Dans quinze jours, monsieur vous aurez vos six douzaines.

AJAX.

Mais...

LE CHEMISIER.

Dans quinze jours, pas avant ! (Il salue.)

CLOVIS, lui tendant la main.

Beau-frère...

LE CHEMISIER, avec dignité.

Ah!... pas devant le monde! (Il sort gravement par la droite, suivi par son domestique.)

CLOVIS, à part *.

Il veut tenir son rang.

AJAX, à part.

Me voilà bien avancé !

---

* Ajax, Clovis.

CLOVIS.

Vous serez content de lui, monsieur... il n'a pas son pareil pour...

AJAX, avec colère.

Va-t'en au diable, toi!...

CLOVIS.

Bien, monsieur, j'y vas! (Il sort par la droite.)

AJAX, seul, avec agitation.

Et mon beau-père, qui va venir me chercher! que faire?...
Ah! mon royaume pour une chemise!

SCENE XI

AJAX, BIMOUTON, puis à la fin CLOVIS.

BIMOUTON, entrant par la droite.

Comment, vous n'êtes pas encore prêt?

AJAX, très-embarrassé.

Pardon !... des visites... des importuns qui m'ont retenu...

BIMOUTON.

Dépêchez-vous... ma fille est sur le gril.

AJAX, à part.

Et moi donc!

BIMOUTON.

Je viens de passer chez mon notaire... tantôt, avant dîner, nous signerons le contrat.

AJAX, à part.

Et pas même un faux col!

BIMOUTON.

Ah! ça, vous n'allez pas venir avec cette vareuse... ça serait *chokaingue*... comme disent les myladis. Voyons, le fiacre est en bas... habillez-vous vite. (Il remonte à gauche.)

AJAX *.

Voilà, voilà !... je suis à vous! (A part.) Impossible de lui avouer ma situation!... il me dirait : « Allez chez un chemisier... » Il faudrait lui dire que je n'ai pas le sou, que j'ai joué... mon mariage serait compromis, rompu peut-être...

BIMOUTON.

Ah! ça, mais qu'avez-vous donc? cet air d'embarras... hésiteriez-vous à accepter la main d'Ernestine?

AJAX.

Moi! hésiter à ?... (Avec passion.) Cher ange !...

---

* Bimouton, Ajax.

BIMOUTON.

J'avoue que ce peu d'empressement ne me semble pas
naturel... il y a quelque chose.

AJAX.

Non... non... mais... je ne puis pas m'habiller devant
vous... les bienséances... le respect... entrez là un instant...
je ne vous demande qu'un instant. (Il lui indique la porte à
gauche, troisième plan.)

BIMOUTON *.

Que de façons ! (A part.) Décidément il y a quelque chose.
(Haut.) Je vous accorde deux minutes ! (Il entre dans le cabinet de
gauche.)

AJAX, seul, mettant une cravate et un gilet blancs.

Voyons donc ! peut-être qu'en boutonnant bien mon...
oh ! non, non... impossible de signer le contrat avec...
j'aurais l'air d'un canotier en rupture de ban... satanée
blanchisseuse !... m'apporter une layette à la place de...
qu'a-t-elle fait de mon linge ?... (Trouvant un livre de blanchis-
sage dans le paquet où est la layette.) Ah ! ce livre de blanchis-
sage !... (Lisant sur la première feuille.) « Madame Prudlay, rue
de la Boule-Rouge, 17. » Il est clair que si l'on m'a apporté
son linge, le mien doit être chez elle. Eh ! vite, remettons
cela... (Il refait le paquet qu'il garde à la main, met son chapeau, et
prend son habit sur son bras.) Et courons !... (Il va pour sortir.)

BIMOUTON, rentrant **.

Les deux minutes sont écoulées... partons-nous ?

AJAX.

Pardon... mais, pour le moment, j'ai une petite course à
faire.

BIMOUTON, soupçonneux.

Une course ?

AJAX.

Ici près... à deux pas... rue de la Boule-Rouge, 17.

BIMOUTON, à part.

Une rue de cocottes ! (Regardant le paquet, haut.) Qu'est-ce
que c'est que ça ?

AJAX, très-troublé.

Une commission de province... des lettres dont on m'a
chargé...

BIMOUTON.

Ça, des lettres ?... (Il veut prendre le paquet qu'Ajax retient.)

* Ajax, Bimouton.
** Bimouton, Ajax.

AJAX.

Dans un quart d'heure, je vous rejoins... (Il va pour sortir et bouscule Clovis qui entre par la droite.)

CLOVIS *.

Monsieur a sonné ?

AJAX, avec colère.

Eh! non! fiche-moi la paix! (Ajax s'échappe par la droite, en emportant le paquet. Musique à l'orchestre jusqu'à la fin de l'acte.)

BIMOUTON, ramassant un béguin et une bavette qui viennent de tomber du paquet, et courant à la porte **.

Un béguin!... une bavette!... quel tissu d'horreurs!.. mon gendre a une intrigue!

CLOVIS, à part.

Son gendre ah ? bah!

BIMOUTON.

Rue de la Boule-Rouge, 17!... ah! je percerai ce mystère! (Il sort précipitamment par la droite.)

CLOVIS, seul.

Tiens! tiens! ça va chauffer! (Forté à l'orchestre.)

* Bimouton, Clovis, Ajax.
** Clovis, Bimouton.

ACTE DEUXIÈME

Chez M. et madame Prudlay. — Une salle à manger. — Table au milieu. — Porte au fond. — Deux portes à gauche, deux autres portes à droite. — Un buffet en acajou au fond à gauche. — Une console au fond à droite. — A droite, sur le devant, un métier à tapisserie et une petite table à ouvrage. — Chaises.

SCÈNE PREMIÈRE

ZOÉ, VICTOIRE, puis MADAME PRUDLAY.

Au lever du rideau, Zoé compte avec Victoire le linge qu'elle retire de son panier placé sur une chaise et qu'elle pose sur la table du milieu.

ZOÉ.

Trois fichus garnis... deux camisoles... un peignoir du matin... six mouchoirs de toile... quatre bonnets, dont un à la bonne...

VICTOIRE.

A moi ?... (Examinant le bonnet.) Est-il bien blanc, au moins, celui-là ?

ZOÉ.

Comme la neige... et plissé !... regardez-moi un peu ça !... (A part.) Ces bonnes... c'est plus chipotières que leurs bourgeoises... (Haut.) Un jupon empesé...

VICTOIRE.

C'est tout ?

ZOÉ.

Oui. Et là-dessus, je file.

VICTOIRE.

Vous êtes donc bien pressée, mam'zelle Zoé ?

ZOÉ.

Et mon futur aussi.

VICTOIRE.

Tiens ! c'est juste !... j'oubliais...

ZOÉ.

AIR : *Qu'il est flatteur d'épouser celle.*

C'est c' matin qu'il devient mon maître ;
Il lui tard' de me voir porter
La fleur d'oranger...

VICTOIRE, souriant.

Et peut-être
Encor plus d' vous la voir quitter.

ZOÉ.

Je comprends son impatience :
Dans un ch'min d' fer il est chauffeur ;
C'est son état, en conscience,
De tout mener à la vapeur.
Il doit tout m'ner à la vapeur !

VICTOIRE.

Comme ça, c'est donc pour aujourd'hui ?

ZOÉ.

Mon Dieu, oui, dans une heure.

VICTOIRE.

Et, dites donc, y aura t'y une noce ?

ZOÉ.

Ah! j' crois bien !... noce et festin... chez M. Bimouton, restaurateur, boulevard des Martyrs... une des pratiques à ma patronne... sa fille, mam'zelle Bimouton, est ma sœur de lait.

VICTOIRE.

Ah! vraiment?

MADAME PRUDLAY, appelant, dans la chambre à droite.

Victoire!...

ZOÉ.

C'est vot' bourgeoise qui vous appelle.

VICTOIRE.

Encore pour me bougonner, ben sûr !

ZOÉ.

Elle bougonne ?

VICTOIRE.

Elle ne fait que ça du matin au soir. Elle marronne à cause que son mari la néglige... Et quand monsieur n'est pas à la maison, c'est sur moi qu' ça tombe...

MADAME PRUDLAY, entrant par la deuxième porte à droite *.

Victoire!... Eh bien, est-ce que vous êtes sourde?... que faites-vous ici, au lieu de me répondre ?

* Zoé, Victoire, Mme Prudlay.

VICTOIRE.

Madame, j'étais en train de recevoir le linge.

MADAME PRUDLAY, apercevant Zoé.

Ah ! c'est la blanchisseuse de fin !... (A Victoire.) Vous avez vérifié ?

VICTOIRE, qui met le linge sur la console.

Oui, madame.

MADAME PRUDLAY.

Où est le livre ?

VICTOIRE.

Le livre ?...

ZOÉ.

Mon Dieu, madame, excusez-moi... je l'aurai sans doute oublié par mégarde chez quelque pratique...

MADAME PRUDLAY, avec humeur.

Ah ! toujours des oublis, des erreurs !...

ZOÉ.

Dame ! aujourd'hui faut me pardonner... Je n'ai pas trop la tête à ce que je fais... quand on va se marier...

MADAME PRUDLAY.

Se marier ?... (A part, avec amertume.) Encore une malheureuse, une victime !

ZOÉ.

Mais soyez tranquille, votre compte y est. Dieu merci, nous sommes connues pour le soin et l'exactitude.

MADAME PRUDLAY.

Allons, c'est bien ! surtout ne manquez pas, la prochaine fois, de rapporter mon livre.

ZOÉ.

Oh ! bien certainement, il n'est pas perdu... il se retrouvera. (Reprenant son panier.) Vot' servante, madame.

MADAME PRUDLAY.

Bonjour.

ZOÉ.

Au revoir, mam'zelle Victoire.

VICTOIRE, la reconduisant jusqu'à la porte du fond.

Au revoir !... Et bien du plaisir à la noce !...

ZOÉ.

Merci ! (Elle sort par le fond.)

MADAME PRUDLAY, à elle-même, passant à gauche *.

La noce !... dire qu'il y a des jeunes filles assez insensées...
(Haut.) Victoire ?

*Mme Prudlay, Victoire.

VICTOIRE.

Madame ?

MADAME PRUDLAY.

Est-il venu des lettres pour moi ?

VICTOIRE.

Non, madame.

MADAME PRUDLAY.

Comment! pas de lettre de monsieur?

VICTOIRE.

Rien de rien, madame.

MADAME PRUDLAY, à part.

Me laisser sans nouvelles!... quel homme! moi qui lui écris tous les jours, plutôt trois fois qu'une!... ah! les maris!... les maris !

VICTOIRE.

Madame n'a pas autre chose à me demander ?...

MADAME PRUDLAY.

Non, finissez de ranger ce linge, et retournez à votre cuisine.

VICTOIRE.

Bien, madame. (A part.) Quelle humeur caressante!... (Empilant le linge sur la console.) Va donc !

MADAME PRUDLAY, se retournant.

Eh bien!

VICTOIRE.

Je range, madame! je range! (A part.) Qué maison !

ENSEMBLE.

AIR *des Chevaliers du pince-nez*.

MADAME PRUDLAY.

Partez, dépêchez-vous !
Surtout ayez un ton plus doux!
Allez à vos fourneaux,
Car j'ai besoin d'être en repos !

VICTOIRE, à part.

Filons, dépêchons-nous!
Craignons d'exciter son courroux !
Allons à mes fourneaux,
C'est le moyen d'être en repos!

(Victoire sort par la première porte à droite.)

SCÈNE II

MADAME, PRUDLAY, seule.

Avoir mis sur la tête d'un homme tout ce qu'on a dans le sein... Etre restée honnête depuis vingt ans, et ne pas le dominer !... car il faut me l'avouer, je ne le domine pas ! Il mange quand ça lui plaît... se lève, se couche, quand ça lui convient... boit quand il lui prend fantaisie d'avoir soif... Ah ! je ne le domine pas ! et la preuve, c'est qu'il a l'audace de pérégriner sans moi... toujours par monts et par vaux !... voilà trois semaines qu'il m'a quittée, moi sa femme légitime, moi, la gardienne de son honneur, pour courir je ne sais où... Il est évident qu'il n'est pas dominé !

Air *du bal du Sauvage.*

Je rêvais en ménage
Un pouvoir absolu,
Et je n'offre l'image
Que d'un roi chevelu.
Quand je veux qu'on me craigne,
Monsieur prend ses ébats ;
    Ici ma vertu règne,
Mais elle ne gouverne pas !
    Oui, si ma vertu règne,
Hélas ! ell' ne gouverne pas !

SCÈNE III

MADAME PRUDLAY, VICTOIRE, puis PRUDLAY.

VICTOIRE, accourant du fond.

Madame !... madame !... v'là M. Prudlay.

MADAME PRUDLAY.

Mon mari !... Ah ! nous allons rire, mon bel ami !... Affichons d'abord la plus complète indifférence !... (Elle va s'asseoir devant le métier à tapisserie et travaille ; Prudlay entre par le fond, un sac de voyage et un parapluie à la main. Il s'arrête à la porte et observe un instant sa femme qui feint de ne pas le voir.)

PRUDLAY, à part *.

Seule, avec la bonne !... à tapisser comme Pénélope !... Et pas le moindre prétendant !... (S'approchant froidement, haut.) Bonjour, Aspasie.

MADAME PRUDLAY, à part.

Comme ce bonjour est tiède ! (Haut, et très-indifférente.) Ah ! tiens, c'est vous ?

PRUDLAY.

Oui, c'est moi... me voilà... Tu ne m'embrasses pas ?

MADAME PRUDLAY, à part.

Tiède !... architiède !... ô mon cœur, contiens-toi !... (Haut.) Plus tard... je suis occupée.

* Victoire, Prudlay, Mme Prublay.

PRUDLAY, à part.

Elle me bat froid!.. j'aime autant ça ! (Haut.) Tiens, prends
.nes bagages.

MADAME PRUDLAY, sèchement.

Il me semble que la domestique est là !

PRUDLAY.

C'est juste !

VICTOIRE, prenant les bagages.

Donnez, monsieur ! (Elle les porte dans la deuxième chambre à
gauche et revient.)

MADAME PRUDLAY, travaillant toujours.

Depuis quand de retour ?

PRUDLAY.

Depuis hier soir.

MADAME PRUDLAY, se levant avec violence.

Depuis hier ?

VICTOIRE, à part.

Bon ! v'là la bombe qui éclate !

PRUDLAY.

Oui... je suis arrivé trop tard... j'ai couché à l'hôtel pour
ne pas te déranger.

MADAME PRUDLAY.

Après trois semaines d'absence, vous avez couché à
l'hôtel, quand votre femme vous attendait!... Et c'est avec
cette froideur, ce front indifférent et frappé de glace que
vous rentrez dans vos foyers!... Ah! Alphonse!... vous
n'êtes pas digne d'avoir une femme honnête !...

PRUDLAY, entre ses dents.

Honnête ! honnête !

MADAME PRUDLAY.

En douteriez-vous?... la femme de César ne doit pas
même être soupçonnée.

PRUDLAY.

César! Eh ! César eût été peut-être bien heureux de pouvoir soupçonner sa femme... au besoin.

MADAME PRUDLAY.

Hein ? vous dites ?

PRUDLAY.

Rien... Y a-t-il quelque chose à manger ?

MADAME PRUDLAY.

Demandez à la bonne.

VICTOIRE.

Il reste du bœuf froid, à la sauce piquante.

PRUDLAY.

Du bœuf froid!... Ah! bon! je l'exècre!

MADAME PRUDLAY, aigrement.

Il fallait avertir de votre arrivée.

PRUDLAY.

Du bœuf froid!... comme c'est régalant!

MADAME PRUDLAY.

Ah! Alphonse!... Alphonse!... vous ne m'avez jamais comprise!...

PRUDLAY.

Mais...

MADAME PRUDLAY.

Que vous êtes loin de Philémon, l'époux de Baucis!... (Mouvement de Prudlay.) Ma mère avait raison, les honnêtes femmes ne sont jamais heureuses!... (Elle rentre à droite, deuxième porte.)

SCÈNE IV

VICTOIRE, PRUDLAY.

PRUDLAY.

Et les maris des femmes honnêtes sont rarement heureux! (Avec humeur.) Du bœuf froid!...

VICTOIRE.

Faut-il servir à déjeuner à monsieur?

PRUDLAY.

Un instant! Dites-moi, Victoire?

VICTOIRE.

Monsieur?

PRUDLAY, à part.

Faisons jaser adroitement cette fille... (Haut.) Est-il venu quelqu'un pendant mon absence?

VICTOIRE.

Quelqu'un?

PRUDLAY, l'observant.

Oui... des hommes.

VICTOIRE, hésitant.

Des hommes? ici, monsieur!...

PRUDLAY.

Ne mentez pas!

VICTOIRE.

Dame!... attendez donc que je me rappelle... Des hommes?... oui...

PRUDLAY, avec espoir.

Ah !

VICTOIRE.

Il est venu le frotteur... et le bottier de monsieur...

PRUDLAY.

Ce n'est pas ça que je vous demande. Est-il venu des étrangers?... Enfin, quoi ! quelqu'un pour madame ?

VICTOIRE, se récriant.

Oh! monsieur !... une femme si honnête!

PRUDLAY, d'un air découragé.

Voilà !... je n'arriverai jamais à une séparation !... c'est désolant ! (Haut.) J'entre chez moi pour me raser... Allez faire réchauffer le bœuf froid. (Il passe à gauche.)

VICTOIRE *.

De suite, monsieur...

PRUDLAY, avec humeur et du ton d'un garçon de restaurant.

Bœuf froid sauce piquante !... boum !... (Il sort par la gauche, deuxième porte.)

SCÈNE V

VICTOIRE, puis AJAX.

VICTOIRE, seule.

Des hommes ici!... Ah ! ben ouiche!... Pas même moyen de recevoir un pauvre petit pompier... (Elle va pour sortir, la porte du fond s'ouvre brusquement et Ajax paraît, le paquet sous le bras.) Tiens !

AJAX, essoufflé **.

Madame Prudlay ?

VICTOIRE.

C'est ici. (A part.) Qu'est-ce que c'est que c't ahuri-là ?

AJAX.

La blanchisseuse est venue ?

VICTOIRE, étonnée.

La blanchisseuse ?...

AJAX.

Oui, la blanchisseuse, c'est clair, c'est français, je crois.

* Prudlay, Victoire.
** Victoire, Ajax.

VICTOIRE.

Eh bien, oui... elle sort d'ici.

AJAX.

Ah! sauvé!... merci, mon Dieu!... (Haut et très-vite.) Elle a fait erreur, elle m'a donné ton linge et tu as le mien! Donne-moi mon paquet... (Lui donnant le paquet.) Voilà le tien!... Le petit va bien?

VICTOIRE.

Quel petit ?

AJAX.

Enfin, ça ne me regarde pas!... où est mon linge ?

VICTOIRE.

Votre linge? (Elle pose le paquet sur le buffet.)

AJAX.

Oui, mon linge... (Apercevant le linge qui est sur la console.) Ah! le voilà!...

VICTOIRE.

Mais non, monsieur...

AJAX, bousculant le linge.

Des bonnets... des camisoles... un jupon... des objets de femme...

VICTOIRE.

Mais ne chiffonnez donc pas...

AJAX.

Ce n'est pas ça!... où est le mien? (Il passe à gauche.)

VICTOIRE *.

Le vôtre ?

AJAX.

Oui, mon linge?... c'est clair, c'est français !... où l'as-tu fourré?

VICTOIRE, aburie.

Moi?... mais... est-ce que je sais?...

AJAX.

Il doit être ici, puisque...

BIMOUTON, en dehors, au fond.

Bien!... bien!... au second, la porte à gauche! j'y suis!

AJAX, avec effroi et à part.

Dieu!... le fausset de mon beau-père!... Il m'aura suivi... (Haut, à Victoire.) Cache-moi !

* Ajax, Victoire.

VICTOIRE.

Hein ? comment? où ça ?

AJAX, courant de tous côtés.

Dans un placard, dans ta chambre, sous ton lit... où tu voudras... (Ouvrant une porte, premier plan à gauche.) Ah !... là...

VICTOIRE.

Mais, monsieur...

AJAX.

Chut !... pas un mot !... ou je t'étrangle !... (Il se jette dans la chambre en emportant le paquet.)

VICTOIRE.

Mais c'est un toqué !...

SCÈNE VI

VICTOIRE, BIMOUTON, puis PRUDLAY.

BIMOUTON, entrant précipitamment par le fond [*].

Madame Prudlay ?

VICTOIRE, à part.

Encore un ! (A Bimouton.) C'est ici.

BIMOUTON.

Est-elle visible ?

VICTOIRE.

Sans doute, mais...

BIMOUTON.

Il faut que je lui parle.

VICTOIRE.

Permettez...

BIMOUTON.

Pas d'observations ! va l'avertir !...

VICTOIRE.

Mais, monsieur...

BIMOUTON, criant.

Vas-y !... ou je t'étrangle !

VICTOIRE, reculant, et à part.

Lui aussi !... Ah ! mais, ils me font peur !... (Criant à la deuxième porte à gauche.) Monsieur ! monsieur !...

PRUDLAY, sortant de sa chambre.

Hein ?... quoi ?... c'est mon bœuf [**] ?...

VICTOIRE.

Eh ! non... c'est... (Elle lui montre Bimouton et passe à droite.)

[*] Victoire, Bimouton.
[**] Prudlay, Victoire, Bimouton.

PRUDLAY [*].

Un étranger? (A Bimouton.) Ah! pardon!... je vous prenais pour mon bœuf.

BIMOUTON, à part, étonné.

Son bœuf!... quel bœuf?

VICTOIRE, à part.

Qu'est-ce que c'est que ces deux enragés-là?

PRUDLAY, à Bimouton.

Vous avez à me parler, monsieur... Veuillez vous asseoir et être bref.

BIMOUTON.

Pardon... ce n'est pas à vous... c'est à madame Prudlay que...

PRUDLAY.

A ma femme?

BIMOUTON, à part.

Sa femme!... une femme mariée!... Ah! diable!

PRUDLAY, à Victoire.

Laissez-nous!

ENSEMBLE.

Air *de l'Étoile du Nord.*

PRUDLAY, à part.

Rencontre singulière!
Chez moi que vient donc faire
Ce vieillard inconnu,
Au regard (*bis*) saugrenu?

BIMOUTON, à part.

Rencontre singulière!
Je ne sais plus que faire;
Devant cet inconnu
Me voilà (*bis*) confondu!

VICTOIRE, à part.

La chose est singulière!
Chez nous que viennent faire
Ces deux hurluberlus,
Qui me sont (*bis*) inconnus?

(Victoire sort par la première porte à droite.)

SCÈNE VII

PRUDLAY, BIMOUTON.

PRUDLAY.

Qu'est-ce que vous voulez à madame Prudlay?... parlez vite... Je suis encore à jeun.

[*] Prudlay, Bimouton, Victoire.

BIMOUTON, à part.

Sac-à-papier ! comment me tirer de là ?

PRUDLAY.

Eh bien?...

BIMOUTON, très-embarrassé.

C'est à elle-même... que j'aurais voulu...

PRUDLAY, à part.

Du mystère !... hum !... hum !... Je flaire quelque anguille...
(Haut.) Voyons, parlez sans fard...

BIMOUTON, hésitant.

Monsieur... (A part.) Je ne sais que dire...

PRUDLAY, à part.

Mettons-le à son aise ! (Haut.) Si c'est mon titre de mari
qui vous clot la bouche, d'un mot je vais vous l'ouvrir à
deux battants...

BIMOUTON.

Comment ça ?

PRUDLAY.

Apprenez, cher monsieur, que je ne cherche qu'un prétexte pour obtenir une séparation amiable... ou judiciaire..

BIMOUTON.

Ah bah !

PRUDLAY.

Je serais enchanté, mais enchanté d'apprendre quelque
grief...

BIMOUTON.

Oh ! alors, c'est différent ! J'ai votre affaire.

PRUDLAY, vivement.

Vrai ? Prenez donc la peine de vous asseoir !... (Il lui approche une chaise, ils s'asseyent.)

BIMOUTON.

Monsieur, je m'appelle Bimouton...

PRUDLAY.

Un nom distingué !

BIMOUTON.

J'ai une fille qui s'est bêtement affolée d'un râcleur de
guitare, son professeur... un drôle, un polisson, que j'étais
prêt à nommer mon gendre, pour avoir la paix.

PRUDLAY.

Jusqu'ici je ne vois pas quel rapport...

BIMOUTON.

Vous allez voir, nous arrivons.

PRUDLAY, rapprochant sa chaise.

Je suis palpitant.

BIMOUTON.

Mon cher monsieur, j'ai des raisons pour croire que le Savoyard qui a porté le trouble dans la cervelle de mon Ernestine, porte en même temps le désordre dans votre foyer.

PRUDLAY.

Oh! oh! vous m'intéressez!

BIMOUTON.

Il m'a quitté brusquement, il y a une demi-heure, pour courir chez madame Prudlay.

PRUDLAY.

Ouais!... Tiendrais-je ma séparation?

BIMOUTON.

Il était même nanti d'un paquet renfermant des effets destinés à un jeune homme... de un à quinze jours... autrement dit, une layette.

PRUDLAY, se levant.

Une layette?... Est-ce que vous croiriez?... songez que ma femme est très-honnête...

BIMOUTON, se levant aussi.

Eh! mon Dieu! qu'est-ce que ça prouve? vous connaissez la romance espagnole : *La dona é mobile*... ma fille ne chante que ça...

PRUDLAY.

D'ailleurs, en rentrant à la maison, je n'ai trouvé ici aucun être mâle.

BIMOUTON.

Peut-être attend-il votre absence pour s'introduire dans votre domicile...

PRUDLAY.

C'est une idée!... Et je veux m'assurer du fait!... vous allez venir avec moi...

BIMOUTON.

Avec vous?

PRUDLAY.

Pour m'appuyer, au besoin, de votre témoignage... Où sont mes pistolets? (Il remonte.)

BIMOUTON effrayé, le suivant.

Vos pistolets?

PRUDLAY *.

N'ayez pas peur! Ils ne sont pas chargés... mais en pareil cas, il faut toujours des pistolets. (Il prend ses pistolets dans un tiroir du buffet et les met dans sa poche.) Venez!... partons!...

* Bimouton, Prudlay.

3.

SCÈNE VIII

LES MÊMES, MADAME PRUDLAY, puis VICTOIRE.

MADAME PRUDLAY, entrant par la deuxième porte à droite [*].
Vous sortez, Alphonse ?

PRUDLAY, bas à Bimouton.
C'est elle !

BIMOUTON, à part.
Beauté de la seconde jeunesse !... un magnifique coucher de soleil !

MADAME PRUDLAY, d'un ton sentimental.
A peine êtes-vous de retour, que déjà vous désertez votre intérieur ?... que vous abandonnez celle qui vous a voué son existence !

PRUDLAY, à part.
A-t-elle un front ! (Haut.) Oui, je vais faire une partie de billard.

MADAME PRUDLAY.
Une partie de billard !...

PRUDLAY.
Avec M. Bicrouton que je vous présente...

BIMOUTON, rectifiant.
Mouton !... (Saluant.) Madame...

PRUDLAY.
Un de mes bons amis à qui j'en rends dix de cinquante...

BIMOUTON, étonné.
Comment ?

PRUDLAY, bas.
Chut ! c'est un truc ! (Haut.) Nous allons en faire une de cent...

BIMOUTON, à part.
Quel affreux jeu de mots !

PRUDLAY.
Nous jouerons le dîner, le café et le pousse-café... Puis, nous irons, à la Gaîté, voir *Peau-d'Ane*...

MADAME PRUDLAY.
Peau d'Ane !... où vous avez refusé de me conduire !...

BIMOUTON, à Prudlay.
Permettez...

_____
[*] Bimouton, Prudlay, madame Prudlay.

PRUDLAY, bas.

Chut donc !... c'est un truc ! (Haut.) Je ne rentrerai que très-tard.

MADAME PRUDLAY, avec aigreur.

C'est cela !... Monsieur va au spectacle... monsieur folichonne !... Et la pauvre femme honnête reste à la maison, seule... toujours seule...

PRUDLAY, à part.

Avec son déshonneur !

MADAME PRUDLAY, éclatant et allant se placer devant la porte du fond *.

Monsieur Prudlay, vous ne sortirez pas !...

PRUDLAY, à part.

Bon ! bon ! connu !... (Haut.) Je ne sortirai pas, moi !... par exemple !

MADAME PRUDLAY.

Je m'y oppose !... je vous le défends !

PRUDLAY.

Ah ! ah ! c'est un peu fort !

VICTOIRE, entrant avec un plat par la première porte de droite **.

Monsieur, voici votre bœuf !

PRUDLAY.

Mange-le ! je t'en fais hommage ! (A Bimouton.) Venez !...

MADAME PRUDLAY, voulant l'empêcher de sortir.

Alphonse !

PRUDLAY, la faisant passer à droite ***.

Arrière, madame !

ENSEMBLE.

AIR de l'Oiseau fait son nid.

PRUDLAY et BIMOUTON.

Rendons-nous au billard,
Courons vite,
Il nous invite !
Je brûle, sans retard,
De vous combattre au billard !

MADAME PRUDLAY et VICTOIRE.

Eh ! quoi, pour le billard,
Il me nous quitte,
Et prend la fuite !
Il laisse sans égard
Sa femme pour le billard !

(Prudlay entraîne Bimouton et sort avec lui par le fond. Victoire met le plat de bœuf sur le buffet.)

* Bimouton, madame Prudlay, Prudlay.
** Bimouton, madame Prudlay, Prudlay, Victoire.
*** Bimouton, Prudlay, madame Prudlay, Victoire.

SCÈNE IX

VICTOIRE, MADAME PRUDLAY, puis AJAX.

MADAME PRUDLAY.

Le gredin !... le coureur !... ah !... qu'il mériterait bien ! ..

VICTOIRE.

Madame, vous ne savez pas ? Il y a là un jeune homme...

MADAME PRUDLAY.

Un jeune homme ?

VICTOIRE.

Oui, qui demande à vous parler...

MADAME PRUDLAY.

A moi ?... que veut-il ?

VICTOIRE.

Il dit comme ça que la blanchisseuse s'est trompée...
(Souriant.) Entre nous, je crois bien que c'est une frime....

MADAME PRUDLAY.

Une frime ?...

VICTOIRE.

Et que c'est plutôt pour madame...

MADAME PRUDLAY.

Pour moi ?... (A part.) O la vengeance !... la vengeance !

AJAX, paraissant à la première porte à gauche ; il a toujours le paquet *.

Le Bimouton est parti ? on peut entrer ?

VICTOIRE.

Oui, madame est seule... Expliquez-vous avec elle...
(Elle sort par le fond.)

SCÈNE X

AJAX, MADAME PRUDLAY.

(Moment de silence.)

AJAX, à part, regardant madame Prudlay.

Matrone sévère et imposante !... genre Rubens !...
seconde manière.

MADAME PRUDLAY, regardant Ajax du coin de l'œil et à part.

Il n'est pas mal, ce jeune sécot ! (Haut.) Vous vouliez me
parler, monsieur ?

AJAX.

Oui, madame, pardonnez-moi de m'être introduit dans
vos pénates... ma situation m'excuse : j'aime !

* Ajax, Victoire, madame Prudlay.

MADAME PRUDLAY, à part.

Une déclaration à brûle-pourpoint! c'est vif!

AJAX.

Vous aurez pitié de moi!... vous devez être bonne, puisque vous êtes belle ! (A part.) Flattons-la !

MADAME PRUDLAY, à part.

Il me trouve belle, lui!... ah! Alphonse! (Haut.) Expliquez-vous, jeune homme....

AJAX.

En deux mots, voici la chose... votre blanchisseuse vous a rapporté mon linge et elle m'a laissé votre livre et votre layette... que voici.

MADAME PRUDLAY, très-surprise.

Ma layette ?

AJAX.

Ou plutôt celle de votre petit.

MADAME PRUDLAY.

Mais je n'ai pas de petit !

AJAX.

Ah bah!

MADAME PRUDLAY.

Le ciel m'a refusé la joie des mères.

AJAX.

Alors, c'est le petit d'une autre... (Il pose le paquet sur la table.) Ça ne me regarde pas... Enfin la blanchisseuse a erré, voilà... Oh! de grâce! réparez cette boulette, rendez-moi mon linge !

MADAME PRUDLAY.

Votre linge!... (A part.) Ce n'est donc pas un prétexte. (Haut.) Mais, monsieur, je ne l'ai pas.

AJAX.

Vrai ?... Eh bien, au nom de l'humanité, au nom... (A part.) Flattons-la ! (Haut.) Au nom de l'amour que vous êtes faite pour inspirer...

MADAME PRUDLAY.

Jeune homme!... (A part.) Ah! si l'on n'était pas honnête !...

AJAX, suppliant.

Prêtez-moi celui... de votre mari !...

MADAME PRUDLAY.

Y pensez-vous ?

AJAX.

Oui, une petite chemise à jabot, madame ! rien qu'une !...
Il y va de mon bonheur ! (Il tombe à ses pieds.)

MADAME PRUDLAY, très-troublée.

Mais vous êtes fou !... Relevez-vous, jeune homme !...

AJAX, se relevant.

Vous refusez ?... ah ! vous n'avez donc jamais aimé ?

MADAME PRUDLAY.

Ah! plût au ciel !... je serais plus heureuse !

AJAX.

Comment ?

MADAME PRUDLAY, avec exaltation.

Oh! si vous saviez comme elle est triste et décolorée, la
vie de la femme honnête, méconnue et abandonnée !

AJAX.

Bien !... la...

MADAME PRUDLAY, continuant.

Sans une âme qui corresponde à la sienne, sans un cœur
qui vibre aux pulsations de son cœur !...

AJAX.

Bien ! bien !... La ?...

MADAME PRUDLAY.

Eh bien, oui, jeune étranger, tu m'émeus !... ta prière
l'emporte sur mes scrupules, sur les convenances sociales...
Je ne comprends rien à ta demande... je ne sais qui tu es,
mais je me sens portée vers toi par une sympathie soudaine
et mystérieuse.

AJAX.

Bien ! très-bien !... le jabot ?...

MADAME PRUDLAY.

Air de la *Polka du Tourniquet.*

Oui, tu le veux !

AJAX.

Oui, je le veux !

MADAME PRUDLAY.

Eh bien, je vais combler tes vœux !

AJAX.

Combler mes vœux !

ENSEMBLE.

AJAX.

Qu'ai-je entendu ! pour moi quel **mot heureux !**
Elle consent, elle cède à mes vœux !

MADAME PRUDLAY.

Soyez content, enfin, soyez heureux,
Oui, je consens, oui, je cède à vos vœux !

AJAX.

O chance opportune,
O fortune !
Enfin, je vais en avoir une !

MADAME PRUDLAY, à part.

Devoir, pudeur,
Fuyez aujourd'hui de mon cœur !
Par un pouvoir fascinateur,
Ce jeune intrus est mon vainqueur !

ENSEMBLE.

MADAME PRUDLAY.

Oui, tu le veux, (bis)
Eh bien, je vais combler tes vœux !
Soyez content, enfin soyez heureux,
Oui, je consens, oui, je cède à vos vœux !

AJAX.

Moment heureux ! (bis.)
Elle cède enfin à mes vœux !
Qu'ai-je entendu ! Pour moi quel sort chanceux !
Elle consent, elle cède à mes vœux !

AJAX.

Vite, vite, cet objet ?...

MADAME PRUDLAY, passant à gauche *.

Attendez-moi !... je vais vous le chercher. (A part.) O
Alphonse ! Alphonse ! c'est toi qui l'auras voulu !... (Elle entre
dans la chambre de Prudlay, à gauche, deuxième plan.)

SCÈNE XI

AJAX, puis VICTOIRE.

AJAX, seul, avec joie.

Enfin !... je sors d'embarras ! (Chantant et dansant.) Tra la
deri dera !...

VICTOIRE, accourant du fond **.

Monsieur !... monsieur !... sauvez-vous ! v'là M. Prudlay !

AJAX.

Le mari... ah ! fichtre !

VICTOIRE.

Je viens de le voir traverser la cour... il paraît furieux...
il a des pistolets.

* Madame Prudlay, Ajax.
** Victoire, Ajax.

AJAX, effrayé.

Des pistolets ?

VICTOIRE.

S'il vous trouve ici, vous êtes perdu.

AJAX.

Tu crois qu'il tirerait sur moi ?

VICTOIRE.

Comme sur un pierrot ! c'est un sauvage !

AJAX.

Que faire ? (Frappé d'une idée.) Ah ! (Il prend le jupon empesé qui est sur la console et le passe vivement, après avoir jeté son habit et son chapeau.)

VICTOIRE.

Comment ! que faites-vous ?

AJAX.

Chut ! (Prenant un bonnet.) Ce bonnet... (Il met le bonnet.)

VICTOIRE.

Vous vous déguisez ?...

AJAX.

Chut !... donne-moi cette camisole !...

VICTOIRE.

Cette camisole ?... mais...

AJAX.

Vite !

VICTOIRE, la donnant.

Voilà !

AJAX, mettant la camisole.

A présent, de la poudre de riz, de la farine... Ah ! dans ce buffet !... (Il prend un pot de farine dont il se barbouille le visage.)

VICTOIRE *.

Monsieur, dépêchez-vous. (Elle va écouter à la porte du fond.)

AJAX, prenant un pain sur le buffet.

Oh !... ce pain sous mon bras !

VICTOIRE, au fond.

Méfiez-vous ! v'là l' bourgeois !

AJAX, le pain sous le bras.

Il me prendra pour la boulangère !

VICTOIRE.

La boulangère ?...

AJAX.

Tais-toi !... (Il reste immobile.)

* Ajax, Victoire.

SCÈNE XII

LES MÊMES, PRUDLAY.

PRUDLAY, entrant brusquement par le fond [*].

Ouf !... me revoici !

AJAX, à part.

Ah bah !... Mon crampon de ce matin !

PRUDLAY, apercevant Ajax.

Une femme !... que fait-elle ici ?

VICTOIRE, très-troublée.

Monsieur, c'est le... c'est la...

AJAX, vivement en déguisant sa voix.

C'est la boulangère.

PRUDLAY, l'examinant.

La boulangère ! ça ?

VICTOIRE, à part.

Comme il le reluque !

PRUDLAY.

Une boulangère, en camisole brodée !

AJAX.

Boulangerie viennoise.

VICTOIRE.

Oui, monsieur... c'est ça... boulangerie viennoise.

AJAX.

Les patrons exigent des porteuses une certaine tenue... ça flatte les pratiques, ça jette de la poudre aux yeux...

PRUDLAY.

Oui da !... (D'un air défiant.) Hum ! hum ! (Il regarde autour de lui, en remontant et en fredonnant l'air du sire de Framboisy.)

VICTOIRE, à part.

Il se méfie !

PRUDLAY, apercevant le chapeau et l'habit qu'Ajax a jetés à terre, sous une chaise, et à part.

Des vêtements masculins ! cette fille est un homme ! attends, mon gaillard, je vais te confondre ! (Il va prendre un papier dans un tiroir du buffet.)

VICTOIRE, à part [**].

Qu'est-ce qu'il fait ?

PRUDLAY, revenant et lisant.

« Taxe du pain ! !... A partir du 15 de ce mois le prix du

_____

[*] Ajax, Prudlay, Victoire.
[**] Prudlay, Ajax, Victoire.

pain sera fixé de la manière suivante... » (A Ajax.) **Prix du pain de 1re qualité : combien le kilogramme ?**

AJAX, à part.

Saperlipopette !

VICTOIRE, à part.

Il va se couper.

AJAX, embarrassé.

Le kilo?... vous dites le kilo ?...

PRUDLAY, ironique.

Gramme?

AJAX.

Ça doit être quelque chose comme...

VICTOIRE, bas à Ajax.

Cinquante centimes.

PRUDLAY, passant au milieu *.

Taisez-vous, Victoire !

AJAX.

Le kilo de première qualité? cinquante centimes.

PRUDLAY.

Et celui de deuxième qualité ?

AJAX.

Celui de deuxième qualité?...

PRUDLAY, ironique.

Oui.

AJAX.

Dame ! celui de deuxième qualité... ça n'est pas la même chose.

PRUDLAY, avec ironie.

Naturablement.

AJAX.

Parce que la deuxième qualité ne peut pas être comme la première qualité... sans quoi... il n'y aurait pas deux qualités...

PRUDLAY, à part.

Patauge! patauge! (Haut.) Et combien le kilo de deuxième qualité?...

AJAY.

Le kilo de deuxième qualité?... Bah! mettons-le à un franc.

VICTOIRE , à part.

Aïe ! il s'est coupé!

* Ajax, Prudlay, Victoire.

PRUDLAY.

El tu oses te dire boulangère ?...

AJAX, à part.

Pincé !

PRUDLAY.

Tu es un séducteur !... un amant déguisé !

AJAX.

Moi ?

PRUDLAY, allant au fond.

Entrez ! entrez, vénérable Bicrouton !

SCÈNE XIII

Les Mêmes, BIMOUTON.

BIMOUTON, entrant par le fond *.

Mouton !

AJAX, à part.

Le beau-père ! sapristi !

PRUDLAY.

Venez, et soyez témoin ! (Poussant Ajax près de Bimouton.)
Est-ce là votre gendre ?

BIMOUTON, s'approchant **.

Ça ? (Enlevant le bonnet d'Ajax et lui essuyant la figure avec.) Mais
oui !... c'est lui !... c'est Ajax Camisard !

PRUDLAY.

Eh ! mais je le reconnais à présent !... c'est mon voisin
de l'hôtel des Princes !

AJAX, à part.

Quelle situation !

PRUDLAY.

Le « moi aussi » m'est expliqué !...

BIMOUTON, à Ajax.

Ah ! gredin ! tu veux épouser ma fille et tu as des intri-
gues avec les femmes mariées !,..

AJAX.

Permettez...

PRUDLAY.

Ne nie pas !... Tu es le complice de ma femme !

AJAX.

C'est faux ! archifaux !...

* Ajax, Prudlay, Bimouton, Victoire.
** Prudlay, Ajax, Bimouton, Victoire.

SCÈNE XIV

Les Mêmes, MADAME PRUDLAY.

MADAME PRUDLAY, entrant par la deuxième porte à gauche, une chemise à la main*.

Jeune homme, voilà l'objet! (Voyant son mari.) Ciel!...

AJAX, à part.

Hagne!

BIMOUTON, très-surpris.

Hein ?...

PRUDLAY, s'emparant de la chemise.

Ah! c'est trop fort!... et à jabot encore! Il vient changer de linge dans mes foyers domestiques!

MADAME PRUDLAY, suppliante.

Mon ami !...

PRUDLAY.

Taisez-vous, madame, ayez du moins la pudeur du silence!

MADAME PRUDLAY.

Mais... (Victoire a remonté.)

PRUDLAY, la foudroyant du regard.

Ah! ah! la femme honnête, voilà de vos frasques! vous recevez des galants.

MADAME PRUDLAY, protestant.

Ah!

AJAX, à Prudlay.

Laissez-moi vous dire...

PRUDLAY, sans l'écouter**.

Mon affaire devient excellente! Introduction d'un amant dans le domicile conjugal, détournement des effets du mari au profit dudit amant... Le tout constaté par le témoignage du sieur Bicrouton...

BIMOUTON, rectifiant.

Mouton !

MADAME PRUDLAY, d'une voix brisée.

Alphonse, je vous jure que je suis innocente!

PRUDLAY, froidement.

La sixième chambre appréciera, madame!

MADAME PRUDLAY.

Alphonse!... mon ami !...

* Madame Prudlay, Prudlay, Ajax, Bimouton, Victoire.
** Victoire, madame Prudlay, Prudlay, Ajax, Bimouton.

PRUDLAY.

Arrière, femme légère !

AJAX, toujours en femme, à Bimouton.

Mais ..

BIMOUTON.

Arrière, femme légère !...

PRUDLAY, à sa femme.

Ah ! celle-là sera judiciaire, je vous le garantis !

AJAX, à Bimouton.

Laissez-moi vous expliquer...

BIMOUTON, à Ajax.

Inutile !... tout est fini entre nous !

AJAX.

Ah ! ciel !

BIMOUTON.

Je cours tout dire à ma fille !

PRUDLAY.

Et moi, chez mon avoué !... (Montrant Ajax.) Et j'emmène ça comme pièce de conviction. (Il prend Ajax au collet.)

AJAX, se débattant.

Moi !... par exemple !...

PRUDLAY.

Bicrouton, prêtez-moi main-forte !... (Pendant l'ensemble suivant, Prudlay et Bimouton cherchent à s'emparer d'Ajax qui tourne autour de la table, en leur jetant les chaises dans les jambes.)

ENSEMBLE.

AIR :

PRUDLAY et BIMOUTON.

Courons, (bis) pour punir notre offense !
Courons (bis) et nous le saisirons !
De ce gredin il faut tirer vengeance !
Courons (bis), nous le rattraperons !

AJAX.

Courons (bis) et faisons diligence ;
Courons (bis), d'ici vite fuyons !
Adroitement évitons leur vengeance !
Pour échaper à leur fureur, courons !

MADAME PRUDLAY et VICTOIRE.

Ah ! ciel ! (bis) ah ! funeste imprudence !
Tous deux (bis) les voilà furibonds !
Comment (bis) éviter leur vengeance ?
Comment (bis) détruire leurs soupçons ?

(Ajax, toujours en femme, finit par s'échapper par le fond, en emportant son habit, son chapeau et la layette. Prudlay et Bimouton s'élancent à sa poursuite. Madame Prudlay se trouve mal dans les bras de Victoire.)

ACTE TROISIÈME

Chez Bimouton, boulevard des Martyrs. — Le jardin d'un restaurant. — Au fond, le mur de clôture et la porte d'entrée. — Bosquets à gauche et à droite. — Tables de jardin.

SCÈNE PREMIÈRE

GRIVOT, ZOÉ, UN INVITÉ, GENS DE LA NOCE, GARÇONS.

Au lever du rideau, toute la noce est à une table placée au milieu du jardin. Le dîner est presque achevé ; les garçons vont et viennent en faisant le service, Grivot est au bout de la table à gauche et Zoé au milieu, ayant à sa gauche l'invité parlant.

CHŒUR.

AIR : *Ritournelle de l'Ours et le Débardeur.*

Amis, à ce repas de noces,
Amusons-nous, f'sons-nous des bosses !
Quel festin divin,
Et quel joli vin !
Mangeons,
Et buvons,
Oui, trinquons,
Et soyons
Ronds !

UN INVITÉ.

A la santé des mariés !

TOUS.

A la santé des mariés ! (On trinque, on boit.)

ZOÉ.

Mais parlez donc, Grivot !... vous ne dites rien, vous n'êtes pas gai du tout !

L'INVITÉ.

C'est vrai ! c'est vrai ! le marié n'est pas gai !

ZOÉ.

Depuis qu'nous sommes à table, vous n'desserrez les dents que pour manger.

GRIVOT, d'un air bourru.

Possible ! c'est mon idée comme ça.

ZOÉ.

Elle est jolie votre idée ! qu'est-ce que vous avez ? qu'est-ce qui vous asticote ?

GRIVOT.

J'ai... j'ai...

ZOÉ.

Quoi ?

L'INVITÉ.

Parle donc !

GRIVOT.

Eh bien ! j'ai... que je suis vexé... voilà.

TOUS.

Vexé !...

ZOÉ.

Et à cause ?

GRIVOT.

A cause que j'aime pas qu'on joue à cache-cache avec moi.

ZOÉ.

Qui ça qui joue à cache-cache ?

GRIVOT.

Vous donc !

ZOÉ.

Moi ?

TOUS.

La mariée ?

GRIVOT.

Oui ! oui ! à preuve que v'là déjà deux fois que vous me quittez, pour aller où ? j' vous l' demande.

ZOÉ.

Pardi !... vous le savez bien, je vous l'ai dit, jaloux ! c'était pour aller causer un instant avec mam'zelle Ernestine, ma sœur de lait.

GRIVOT, soupçonneux.

Vous avez donc des secrets avec elle ?

ZOÉ.

Eh ! non... mais, entre femmes, un jour de mariage, on a bien des petites choses à se confier...

TOUS.

C'est clair !...

GRIVOT.

Clair !... clair !... (Donnant un coup de poing sur la table.) Eh bien, moi, je dis que non !

ZOÉ.

Ah! c'est pas un chauffeur que j'ai épousé, c'est un tigre!

GRIVOT, avec force.

Y a là-dessous quèque manigance, quèque mic-mac.

ZOÉ, haussant les épaules.

Vous êtes fou!

GRIVOT.

Je n'entends pas qu'on me fasse des mystères, moi!

ZOÉ, se levant.

Encore!... ah! vous m'impatientez à la fin!...

GRIVOT, menaçant et se levant.

M'ame Grivot!...

L'INVITÉ.

Eh bien, eh bien... des disputes! (Tous se lèvent.)

ZOÉ.

Me chercher querelle, dès le premier jour!... ça promet!

L'INVITÉ.

Voyons, n' vous chamaillez pas!... c'est trop tôt!... (A Grivot.) Sois gentil, chauffeur... ferme ta soupape.

TOUS.

Oui! oui! la paix!

L'INVITÉ.

Embrasse ta femme et donne-lui la main. (Grivot va embrasser sa femme.)

TOUS.

Bravo! bravo! (On se rassied.)

L'INVITÉ, à Zoé.

Et vous, la jolie fauvette, pour ramener l'harmonie, roucoulez-nous quelque chose.

TOUS.

C'est ça!... une chanson!...

L'INVITÉ.

A un repas de noces, c'est de rigueur.

ZOÉ.

Volontiers. (Se levant.) La ronde des blanchisseuses!

TOUS.

Silence! écoutons!

GRIVOT, gaiement.

Et chorus au refrain!

ZOÉ.

AIR *nouveau de Victor Chéri.*

PREMIER COUPLET.

Les blanchisseuses de Paris

TOUS.

De Paris.

ZOÉ.

Ne veul'nt (*bis*) que des maris.

TOUS.

Des maris.

ZOÉ.

Sans s'écarter de ce principe,
On aime à rir' matin et soir;
Mais au galant qui s'émancipe,
On dit, en jouant du battoir :
   Pan, pan, pan,
   Vite, à bas les pattes!
   Qui fait le pimpant,
   Soudain s'en repent.
   Pan, pan, pan,
   Ainsi que les chattes,
   Nous allons frappant,
   Pan, pan, pan, pan, pan, pan!

REPRISE ENSEMBLE.

ZOÉ.

Deuxième couplet! Écoutez ça, monsieur Grivot, ça vous regarde.

GRIVOT, se levant.

Moi?... (Il va près de sa femme.)

ZOÉ.

DEUXIÈME COUPLET.

Les blanchisseuses de Paris

TOUS.

De Paris.

ZOÉ.

N'aiment (*bis*) que leurs maris.

TOUS.

Leurs maris!

ZOÉ.

Ell's ont le cœur tendre et docile
Et l' caractère le plus égal;
Mais si l'époux, à domicile,
Fait le jaloux et le brutal...
   Pan, pan, pan,

Vite, à bas les pattes !
Qui va nous tapant
Soudain s'en repent !
Pan, pan, pan,
Ainsi que les chattes,
Nous allons frappant,
Pan, pan, pan, pan, pan, pan !

REPRISE ENSEMBLE.

ZOÉ, quittant la table, ainsi que les gens de la noce et venant sur le devant *.

Dernier couplet et moralité à l'usage de tout un cha-cun !...

TROISIÈME COUPLET.

Les blanchisseuses de Paris

TOUS.

De Paris.

ZOÉ.

Sont fidèles à leurs maris.

TOUS.

Leurs maris.

ZOÉ.

Mais si l'un deux d'humeur volage,
Pour courir après un tendron,
Déserte en secret son ménage,
Alors qu'il craigne pour son front !
Pan, pan, pan,
Gare aux coups de pattes !
Notre chenapan
Soudain se repent.
Pan, pan, pan,
Ainsi que les chattes,
On s' venge en trompant,
Pan, pan, pan, pan, pan, pan !

REPRISE ENSEMBLE.

Pan, pan, pan,
Gare aux coups de pattes! Etc.

(Pendant ce couplet, les garçons ont enlevé la table et les chaises.)

TOUS.

Bravo! bravo!

L'INVITÉ.

A la mariée!

TOUS, trinquant.

A la mariée!

* L'Invité, Zoé, Grivot.

ZOÉ.

Ah çà, mais on ne danse donc pas? j'ai les pieds qui me picotent !

TOUS, appelant.

Garçons ! garçons !

LES GARÇONS, s'empressant.

Voilà !

SCÈNE II

LES MÊMES, BIMOUTON.

BIMOUTON, entrant par la droite, la serviette sous le bras *.

Voilà ! messieurs, voilà !... que désirez-vous?

GRIVOT.

Ah çà, et l'orchestre ?

BIMOUTON.

Il s'accorde.

TOUS, avec joie.

Ah (Grivot remonte.)

ZOÉ, à part **.

Ça n'est pas comme nous !

BIMOUTON, s'approchant de Zoé et à voix basse.

Ma fille se désole, elle vous réclame ; allez lui faire entendre raison...

ZOÉ, bas.

J'y vais! (A elle-même.) Et ce paquet qui est dans le fiacre, et que je n'ai pas encore pu lui remettre !... enfin !... (Elle s'esquive par la droite, on entend une ritournelle de quadrille.)

TOUS ***.

Les violons !

GRIVOT.

Allons danser.

TOUS.

Oui ! oui ! allons danser !

GRIVOT, tendant la main.

Venez, Zo... (Regardant de tous côtés.) Eh bien, ous qu'est donc ma femme? je ne la vois plus.

BIMOUTON.

Elle est auprès de ma fille.

* L'Invité, Zoé, Grivot, Bimouton.
** L'Invité, Grivot, Zoé, Bimouton.
*** L'Invité, Grivot, Bimouton.

GRIVOT.

Comment? encore!... (A part.) Décidément, y a quèque chose là-dessous...

L'INVITÉ.

Bah! elle n'est pas perdue... Elle se retrouvera...

GRIVOT.

Mais...

L'INVITÉ, cherchant à l'entraîner.

Viens donc!

TOUS.

Au quadrille!

ENSEMBLE.

AIR : *Mousquetaires du Carnaval.*

V'là le crin-crin qui nous appelle;
Amis, obéissons viv'ment
A la joyeuse ritournelle,
Et poussons-nous de l'agrément !

(On emmène Grivot, on sort par la gauche.)

SCÈNE III

BIMOUTON, puis PRUDLAY.

BIMOUTON, seul.

Quel tracas!... quel casse-tête ! la rupture de ce maudit mariage a mis Ernestine dans tous ses états... Elle ne veut écouter aucune observation... mam'zelle pleure, mam'zelle crie, mam'zelle veut qu'on la marie... c'est à devenir fou, ma parole d'honneur!... Ah ! qu'on est malheureux d'être père... quand on a des enfants...

PRUDLAY, entrant par le fond et à lui-même *.

Une gargotte de barrière, ça doit être ça... (Apercevant Bimouton.) Eh ! justement, c'est lui! Bicrouton!

BIMOUTON.

Hein ! comment? vous voilà ici ?

PRUDLAY.

Oui, j'accours vous chercher.

BIMOUTON.

Me chercher?...

PRUDLAY.

Je quitte mon avoué, un homme charmant et ferré à glace sur le Code. Je lui ai narré mes griefs; il me répond de l'affaire. Mais il lui faut votre témoignage.

* Bimouton, Prudlay.

BIMOUTON.

Pardon, mais en ce moment je suis dans mon coup de feu, et il m'est impossible...

PRUDLAY.

J'attendrai. Faites-moi seulement servir du madère et des biscuits.

BIMOUTON, à part.

Quel ennui!... Ah! j'avais bien besoin de ce nouvel embarras! (On entend appeler au dehors : « Garçon! garçon!) » Voilà qu'on appelle... il faut... (Il va pour sortir à droite.)

PRUDLAY *.

Je vous suis, je vais avec vous.

BIMOUTON, à part, redescendant.

Ma fille d'un côté, cette noce de l'autre et, par-dessus le marché, ce... Il y a de quoi perdre la tête!

PRUDLAY.

D'abord je ne vous quitte pas que vous n'ayez fait votre déposition.

BIMOUTON, à part.

Que le diable le patafiole!

VOIX, en dehors.

Garçon! garçon!

BIMOUTON, criant.

Voilà!

ENSEMBLE.

Air des Barbettes.

PRUDLAY.

J'ai besoin de votre assistance ;
Venez donc (bis), je vous suis,
Et je vais prendre patience
En mangeant (bis) des biscuits.

BIMOUTON.

Comptez donc sur mon assistance.
Que de soins (bis), que d'ennuis!
Vous pourrez prendre patience,
En mangeant (bis) des biscuits.

(Ils sortent par la droite ; au même instant, on voit paraître au fond Ajax, les vêtements en désordre, couverts de poussière, le chapeau défoncé. Il a encore la layette sous le bras.)

* Prudlay, Bimouton.

SCÈNE IV

AJAX seul, entrant précipitamment, tout essoufflé, et se laissant tomber sur une chaise à gauche.

Ouf!... quelle course!... je suis rompu!... (Au public.) En quittant la ménagerie Prudlay, je cours chez la blanchisseuse... néant! Personne! visage de bois! La buanderie était fermée pour cause de mariage... Je m'informe à une voisine, la faïencière d'en face, des noms et adresses de quelques pratiques... Je me rends chez divers individus dans l'espoir de reconquérir... ce que vous savez... (Se levant.) Bref, après deux ou trois perquisitions infructueuses dans tous les coins de Paris, j'arrive rue du Caire, chez une fleuriste... je pénètre dans l'atelier, et je dis poliment aux ouvrières : « A laquelle de vous, mesdemoiselles, est la layette du petit? » C'était une question bien simple, n'est-ce pas?... eh bien, à ces mots, elles poussent des cris de paon en détresse... elles se jettent sur moi comme des furies .. enfoncent mon chapeau... La maîtresse accourt... on crie : « A la garde!... » Ma foi, ne me souciant pas d'aller au poste, je file... et je me décide à venir chez Bimouton interroger la blanchisseuse, cause de toutes mes averses. Voyons, où est-elle? on m'a dit que la noce se célébrait ici... cherchons...

PRUDLAY, en dehors.

Ah çà, voyons donc, sacrebleu!...

AJAX, effrayé.

Oh! saperlipopette!... L'homme aux révolvers!... (Il pose son paquet sur une table au fond, prend une serviette qui s'y trouve et s'en fait un tablier; puis, avisant un marmiton, qui entre par la gauche.) Oh!... (Il lui prend sa toque blanche qu'il enfonce sur sa tête et lui met son chapeau.)

LE MARMITON, stupéfait.

Eh bien, quoi donc?...

AJAX, vivement.

Tais-toi!... c'est une farce de noce! (Le marmiton sort en riant par le fond à droite; Prudlay arrive par le deuxième plan du même côté.)

SCÈNE V

AJAX, PRUDLAY.

PRUDLAY, entrant et à lui-même *.

Cet animal de gargotier qui me plante-là pour aller consoler sa fille !... Et je n'ai pas déjeuné, je tombe d'inanition!... (Apercevant Ajax.) Ah!... (Appelant.) Garçon?

* Ajax, Prudlay.

AJAX, à part, essuyant des assiettes.

S'il me reconnaît, il va hurler...

PRUDLAY.

Garçon !

AJAX, à part.

Le beau-père accourra, et...

PRUDLAY, très-fort.

Garçon !... Est-ce que vous êtes sourd ?

AJAX, déguisant sa voix.

Voilà, monsieur !... voilà !...

PRUDLAY, avec humeur.

Voilà !... voilà !... vous me laissez m'égosiller...

AJAX, évitant de laisser voir sa figure et essuyant toujours.

Voilà !... (Il s'approche en marchant à reculons.)

PRUDLAY, entre ses dents.

Hum... quelle brute !... (Haut.) Servez-moi du madère et des biscuits.

AJAX, le tête tournée de l'autre côté.

Du madère et des biscuits ?... Bien, monsieur !

PRUDLAY, tournant autour de lui.

Et dépêchez-vous !... je suis pressé !...

AJAX, cachant toujours sa figure.

Voilà, monsieur !... voilà !... (Il sort, en tournant, par la droite.)

SCÈNE VI

PRUDLAY, MADAME PRUDLAY.

PRUDLAY, seul, le regardant sortir.

Qu'a donc cet imbécile à tourner comme un toton ?

MADAME PRUDLAY, entrant par le fond *.

Ah ! m'y voici !

PRUDLAY, la voyant.

Ma femme !... Qui venez-vous chercher ici, madame ?

MADAME PRUDLAY.

Ça ne vous regarde pas.

PRUDLAY.

Vous le prenez sur un ton...

MADAME PRUDLAY.

Je le prends comme il me plaît.

PRUDLAY, avec colère.

Femme Prudlay !

* Prudlay, madame Prudlay.

MADAME PRUDLAY.

Pendant vingt ans, infortunée chrysalide, j'ai végété dans ma coque; aujourd'hui il me pousse des ailes.

PRUDLAY, avec ironie.

Oui da!

MADAME PRUDLAY.

Tous nos liens sont rompus, je reprends mon indépendance.

PRUDLAY.

Vous n'en avez pas encore le droit.

MADAME PRUDLAY.

Turlututu!

PRUDLAY.

Et je vous ordonne de réintégrer sur-le-champ le domicile conjugal.

MADAME PRUDLAY, fredonnant et passant à gauche.

J'ai deux pieds qui r' muent...

PRUDLAY, furieux *.

Ah! vous me répondez par les romances de l'Alcazar?... Je vais vous faire changer de gamme!... (A part.) Courons chercher un sergent de ville! (Il sort par le fond.)

SCÈNE VII

MADAME PRUDLAY, puis AJAX.

MADAME PRUDLAY, seule.

Réintégrer le domicile conjugal!... Retomber sous le joug du sire de Framboisy... allons donc!... Ma résolution est prise... et dès que j'aurai rejoint ce jeune étranger...

AJAX, rentrant par la droite, à part.

Il s'est éloigné... bravo!...

MADAME PRUDLAY.

Ah! le voilà!... c'est lui!...

AJAX, à part.

La femme Prudlay!

MADAME PRUDLAY.

Le ciel soit béni!... Enfin, je vous retrouve!

AJAX.

Vous me cherchiez?...

MADAME PRUDLAY.

Il le demande!... Jeune homme, vous m'avez perdue, vous êtes mon seul refuge!

AJAX.

Hein? plaît-il?

---

* Madame Prudlay, Prudlay.

MADAME PRUDLAY.

Grâce à votre fatale inconséquence, mon mari est furieux... il invoque l'article 306.

AJAX.

L'article 306?...

MADAME PRUDLAY.

Chapitre cinq, de la séparation de corps... Le monstre veut me traîner pantelante devant les tribunaux de ma patrie.

AJAX.

Permettez... dans tout ça...

MADAME PRUDLAY, l'interrompant.

Mais je n'attendrai pas un verdict humiliant... Je brise ma laisse... je jette mon bonnet par-dessus l'obélisque.

AJAX.

Pardon, mais...

MADAME PRUDLAY.

Nous partirons, nous fuirons ensemble.

AJAX, très-surpris.

Ensemble?... (A part.) Plus souvent!

MADAME PRUDLAY.

Nous irons en Chine, en Californie!

AJAX, bondissant.

En Californie!... (Voulant passer.) Pardon, mais je suis pressé... il faut que je retrouve mon linge. (Il veut sortir.)

MADAME PRUDLAY, le retenant *.

Eh! qu'importe ton linge! Qu'est-ce qu'une pareille vétille au prix de mon honneur?

AJAX.

Votre honneur! votre honneur!

SCÈNE VIII

Les Mêmes, PRUDLAY.

PRUDLAY, revenant par le fond, et à part **.

Impossible de découvrir le moindre policeman... (Apercevant madame Prudlay et Ajax.) Oh!... (Il se glisse dans un bosquet à gauche, et écoute.)

MADAME PRUDLAY.

Oui, nous passerons les mers...

PRUDLAY, à part.

Hein!... une fugue!

MADAME PRUDLAY.

Nous parcourrons les steppes du nouveau monde...

* Ajax, madame Prudlay.
** Prudlay, Ajax, madame Prudlay.

4

AJAX, avec ironie.

En nous tenant par la main...

MADAME PRUDLAY.

Comme Paul et Virginie.

AJAX, toujours ironique.

Avec un parapluie...

MADAME PRUDLAY.

Nous reposant dans la verte oasis, ou mangeant la bosse de bison sous la hutte du sauvage.

AJAX, de même que précédemment.

Ce serait charmant! (Voulant sortir.) Mais pardon...

MADAME PRUDLAY, le retenant.

Je dépenserai à ton bénéfice ces trésors de tendresse que mon scélérat de mari dédaigne depuis vingt ans!

AJAX, à part.

Les arrérages! merci !

PRUDLAY, à part.

Comme elle l'aime!

MADAME PRUDLAY.

AIR : *Bacchanal.* (Artus.)

Plantons là ce mécrant!
Lasse d'être honnête,
Entre nous et lui je jette
L'immense Océan.

AJAX, à part.

Quelle tête à l'envers !
(Haut.)
Pardon ; mais, sans bêtise,
Faut que j' passe un' chemise
Avant d'passer les mers.

MADAME PRUDLAY.

Nous irons aux îl's Marquises,
Où l'on ignor' les chemises !
Crac !

ENSEMBLE.

MADAME PRUDLAY.

Mes destins sont les tiens,
Désormais tu m'appartiens !
Pour toujours je te tiens !
Oui, tu m'appartiens!

AJAX, à part.

Quel tourment est le mien !
De m'échapper pas moyen !
Quel tourment est le mien !
Ell' n'écoute rien!

PRUDLAY, à part.

Quel projet est le sien !
Mais de s'enfuir pas moyen !
Quel projet est le sien !
Ah ! nous le verrons bien !

MADAME PRUDLAY.

Je cours faire mes préparatifs !... nous partirons par le train de huit heures trente-cinq !... à bientôt !... (Avec tendresse et lui envoyant des baisers.) Amour et rail-way ! (Elle sort vivement par le fond.)

SCÈNE IX

PRUDLAY, AJAX.

AJAX, à part.

Compte là-dessus !

PRUDLAY, à part.

Partir avec lui !... Ah ! nous verrons bien !...

AJAX, à part.

Au diable la toquée ! vite, courons... (Il va pour sortir, Prudlay se place devant lui.)

PRUDLAY.

Un moment, S. V. P. ?...

AJAX, à part.

Le mari !

PRUDLAY.

Monsieur, je connais vos projets... je vous défends d'enlever ma femme !

AJAX.

Eh ! monsieur !...

PRUDLAY.

Ou il faudra vous couper la gorge avec moi.

AJAX.

Un duel !... (A part.) Il ne manquerait plus que ça !

PRUDLAY.

Oui, le cœur humain a des reflux bizarres... ma femme m'ennuyait, elle m'était antipathique... mais depuis que je sais qu'on veut me la prendre, je tiens à la garder.

AJAX, avec impatience.

Eh ! gardez-la !

PRUDLAY.

N'espérez pas me donner le change... j'aurai l'œil sur vous...

AJAX.

Qu'est-ce que ça me fait ?

ENSEMBLE.

AIR : *Beauté du Diable.*

PRUDLAY.

Je veille en silence,
Méfiez-vous ! (*bis*)
Craignez ma vengeance,
Et mon couroux! (*Bis*)

AJAX, à part.

Veille avec prudence
Mais entre nous, (*bis*)
Tu perds ta vengeance,
Et ton courroux! (*Bis.*)

PRUDLAY, avant de sortir.

Je veille sur vous, monsieur, je veille sur vous! (Prudlay
sort par la droite.)

SCÈNE X

AJAX, puis ZOÉ, puis GRIVOT, puis L'INVITÉ.

AJAX, seul.

Sa femme!... Je songe bien à elle, ma foi!... je ne songe
qu'à Ernestine, à retrouver mes... vite, cherchons cette
jeune lavandière... (Reprenant le paquet et regardant à gauche./ Ah!
là-bas... ces gens qui dansent... elle doit être dans le tas...

ZOÉ. paraissant à droite et parlant à la cantonade *.

Bien... bien... je reviens !...

AJAX.

Ah !... c'est elle !...

ZOÉ, s'approchant.

Tiens, ma pratique de l'hôtel des Princes !

AJAX, d'un ton brusque.

Que le diable vous emporte, vous !

ZOÉ.

C'est aimable !

AJAX.

Ah ! parbleu! j'ai bien le temps de... Où est mon linge ?...
qu'en avez-vous fait ?

ZOÉ, étonnée.

Votre linge ?...

AJAX.

Oui ! vous vous êtes trompée... vous m'avez laissé, à la
place, ce paquet. (Il montre la layette.)

ZOÉ.

Ah bah ! (A part.) Mais alors, celui qui est dans le fiacre...

* Ajax, Zoé.

AJAX.

Eh bien, répondez donc !... Est-ce que vous êtes muette !

GRIVOT, paraissant à gauche, et à part *.

Ma femme avec un freluquet !

AJAX, à Zoé.

Finissons !... (Lui présentant le paquet.) Voici votre layette.

GRIVOT, à part.

Sa layette !...

AJAX.

La layette du petit.

GRIVOT, furieux et s'approchant **.

Du petit ?...

ZOÉ.

Grivot !

GRIVOT.

Ma femme a un... ?

ZOÉ.

Moi !... mais non !... par exemple !

GRIVOT, prenant Ajax au collet.

Ah ! brigand ! séducteur !

AJAX, bousculé.

Eh bien, eh bien, qu'est-ce qui lui prend ?...

GRIVOT, le secouant toujours et le faisant tourner.

J'aurai ton sang, gredin !

ZOÉ, s'interposant ***.

Vous êtes dans l'erreur ! monsieur est une pratique...

GRIVOT, se calmant un peu.

Une pratique ?

AJAX.

Victime d'un méli-mélo...

GRIVOT.

D'un méli-mélo ?...

ZOÉ.

Eh oui ! un méli-mélo de paquets.

AJAX, à Zoé.

Voyons, vivement ! où sont mes chemises ?

ZOÉ.

Vous allez les avoir. Elles sont ici.

AJAX, avec joie.

Ah !

ZOÉ, à Grivot.

Allez les chercher, vous les trouverez dans le fiacre.

* Grivot, Ajax, Zoé.
** Ajax, Grivot, Zoé.
*** Grivot, Ajax, Zoé.

GRIVOT.

Le fiacre ? quel fiacre ?

ZOÉ.

Pardi ! celui qui nous a amenés.

GRIVOT.

Bah ! il est parti, je l'ai renvoyé.

AJAX.

Ah ! ciel !

ZOÉ.

Allons, bien !

GRIVOT.

Il était inutile de garder un ver rongeur.

AJAX.

Sapristi ! où retrouver mes chemises maintenant ?

ZOÉ.

Calmez-vous !... elles ne sont pas perdues.

GRIVOT.

On les déposera sans doute à la Préfecture.

ZOÉ.

Oui, et dès demain...

AJAX, avec colère.

Demain ! demain !... mais j'en ai besoin aujourd'hui... à l'instant !...

L'INVITÉ, paraissant à gauche *.

Eh ! les mariés !... on vous attend !

ZOÉ.

Voilà !... (A Grivot.) Venez danser !

GRIVOT, à Zoé, qui cherche à l'emmener.

Mais avec tout ça, c'te layette ?

ZOÉ.

Quoi, c'te layette ?

GRIVOT.

J' veux savoir à qui qu'elle appartient.

ZOÉ.

Eh bien, c'est... c'est...

L'INVITÉ.

Arrivez donc, flâneurs !

GRIVOT, à Zoé.

C'est... ?

ZOÉ, en confidence.

C'est à mam'zelle Ernestine... nà !

AJAX, vivement.

Hein ? vous avez dit ?...

ZOÉ.

Chut !... c'est un secret !

* L'Invité, Grivot, Zoé, Ajax.

CRIS, en dehors.

Eh ! les mariés ! les mariés !...

ZOÉ et GRIVOT.

Voilà ! voilà !... (Ils sortent vivement par la gauche avec l'Invité.)

SCENE XI

AJAX, puis BIMOUTON.

AJAX, seul, stupéfait, il remet le paquet sur la table du fond.

A Ern... à Ernestine !... une layette !... ô mes rêves !...
mes illusions ! voilà donc pourquoi son père est venu ce
matin me la jeter à la tête ! il voulait se servir de moi pour
couvrir une faute ! il me destinait à l'emploi de paletot !...
(Avec indignation.) Infamie !

AIR : *Époux imprudent.*

Ah ! quelle indigne petitesse !
Oui, je servais au plus vil des traiteurs,
A réparer une faiblesse,
Comme au siècle des grands seigneurs ;
Heureusement autres temps, autres mœurs.
Sa fille perd ma confiance,
Et de sa main je refuse le don.
Moi, l'épouser !... me prend-il donc
Pour un dandin de la Régence ?
Pour un jobard de la Régence !

BIMOUTON, entrant par la droite et à part, sans voir Ajax [*].

Pas moyen de la calmer, de la faire renoncer à ce garne-
ment, et... (Le voyant.) Lui !

AJAX, à part.

Mon ex-beau-père !

BIMOUTON, avec joie.

Ajax Camisard !... ah ! vous arrivez à merveille.

AJAX.

Moi ?

BIMOUTON.

J'allais courir chez vous.

AJAX, très-froid.

Vraiment ? Et dans quel but ?

BIMOUTON.

Il y a du nouveau.

AJAX, avec ironie.

Oui... oui... en effet... je sais ça.

BIMOUTON.

Bah ! vous savez ? que voulez-vous ! ma fille se lamente,

_____
[*] Ajax, Bimouton.

elle ne veut faire qu'à sa tête... une toquade, quoi !... une toquade !... Ma foi, ça me taquine de la voir sangloter, et malgré vos torts...

AJAX, ironiquement.

Mes torts !...

BIMOUTON.

Je consens à vous nommer mon gendre.

AJAX.

Voyez-vous ça ! vous me faites cet honneur?

BIMOUTON, avec bonhomie.

Je vous fais cet honneur.

AJAX, éclatant.

Eh bien, moi, je refuse. (Il passe à droite.)

BIMOUTON *.

Hein ?... plaît-il? vous refusez ?

AJAX.

Parfaitement!

BIMOUTON.

Une demoiselle si bien élevée !

AJAX.

Ah! oui!

BIMOUTON.

La candeur, la vertu même !

AJAX, entre ses dents.

Ah! oui! parlons de ça!

BIMOUTON.

Une demoiselle dont le père a trois maisons !

AJAX.

Ça m'est égal. (Noblement et à part.) On est pauvre, mais honnête!

BIMOUTON.

Dites donc la vérité, vous en aimez une autre!

AJAX.

Quelle autre?

BIMOUTON.

Cette femme mariée, cette femme sans vergogne, chez qui je vous ai trouvé.

AJAX.

Moi?... je ne la connais pas !

BIMOUTON.

Allons donc!

AJAX.

Je vous jure...

BIMOUTON.

Mensonge et fourberie !

* Bimouton, Ajax.

SCÈNE XII

LES MÊMES, MADAME PRUDLAY, en costume de touriste, avec
un sac de cuir en bandoulière et une canne, puis PRUDLAY.

MADAME PRUDLAY, entrant par le fond *.

Me revoici!

BIMOUTON.

C'est elle !

AJAX, à part.

La toquée!...

MADAME PRUDLAY, à Ajax.

Tout est prêt pour notre fuite. La vapeur fume... le **wagon**
s'impatiente...

BIMOUTON, triomphant.

Ah ! je savais bien ! te voilà confondu.

AJAX.

Moi ? mais encore une fois...

MADAME PRUDLAY, à Ajax.

Laissez cet homme et partons!

PRUDLAY, entrant par la droite **.

Partir?... je m'y oppose !

MADAME PRUDLAY.

Vous m'avez répudiée... De quoi vous plaignez-vous?

PRUDLAY.

Madame, au nom du code civil, je vous défends...

MADAME PRUDLAY.

Je m'en moque! (A Ajax.) Ne l'écoutez pas... venez!... (Elle
cherche à l'entraîner.)

AJAX, se dégageant.

Au diable cette folle !

MADAME PRUDLAY, indignée.

Cette folle! il a dit : cette folle!... (A Prudlay.) Alphonse,
vengez-moi!

BIMOUTON, à Ajax.

Ah çà, mais tu ne l'aimes donc pas ?

AJAX.

Jamais de la vie!

BIMOUTON.

Alors pourquoi refuser d'épouser ma fille?

MADAME PRUDLAY.

Sa fille ?...

AJAX.

Pourquoi? pourquoi? (Allant prendre le paquet.) Et cette
layette ?

BIMOUTON.

Quelle layette?

* Bimouton, Ajax, madame Prudlay.
** Bimouton, Ajax, madame Prudlay, Prudlay.

SCÈNE XIII

LES MÊMES, ZOÉ, entrant par la gauche avec GRIVOT.

ZOÉ *.

Cette layette ! eh bien, après ?

AJAX, lui donnant le paquet.

Tenez ! la voici !... allez la porter à mademoiselle Ernestine !

BIMOUTON, avec éclat.

A ma fille ?

ZOÉ, à part.

Aïe !

AJAX.

Oui, c'est à elle... ça lui appartient... c'est le gage de sa faiblesse !...

TOUS.

De sa faiblesse !...

BIMOUTON, avec colère.

Monsieur Camisard !

ZOÉ, étonné.

Camisard ! son prétendu !... (A Ajax.) Vous vous appelez Camisard ?

AJAX.

Parbleu !... vous le savez bien, puisque...

ZOÉ.

Moi ? du tout. Je ne vous connaissais que sous le nom du n° 9 de l'hôtel des Princes... Et vous osez soupçonner mademoiselle Ernestine ? mais vous devriez être à ses pieds !

AJAX.

A ses pieds !... moi ?

ZOÉ.

Car cette layette, ça prouve son amour pour vous.

TOUS.

Comment ?

ZOÉ.

Bah ! elle m'avait recommandé le secret... mais puisque c'est comme ça, je vas tout dire...

AJAX.

Mais quoi ?... mais quoi ?... parle donc !...

GRIVOT, avec jalousie.

Il *tutaye* ma femme ! (Il va à Zoé.)

ZOÉ **.

Sachez que dans son chagrin de ne plus vous voir, dans la crainte de vous perdre...

AJAX.

Eh bien ?...

* Grivot, Bimouton, Zoé, Ajax, madame Prudlay, Prudlay.
** Bimouton, Grivot, Zoé, Ajax, madame Prudlay, Prudlay.

ZOÉ.

Eh bien, quoi!... elle est allée en cachette consulter une somnambule...

TOUS.

Un somnambule?..

ZOÉ.

Et cette femme lui a dit : « Faites une layette, le mari viendra. »

TOUS.

Est-il possible ?

AJAX.

O ange! elle était pure! et je l'accusais! ah! beau-père! (Il l'embrasse.) Ah! Zoé! (Il embrasse Zoé.)

GRIVOT, le repoussant.

Eh bien, dites donc, vous!

AJAX, revenant près de madame Prudlay.

Ah! femme Prud... (Il va pour l'embrasser.)

MADAME PRUDLAY, l'arrêtant et avec dignité.

Arrière, monsieur!... si vous ne m'enlevez pas, respectez-moi du moins!

UN GARÇON, accourant de la droite.

Patron! patron!... v'là l' notaire. (Il sort.)

TOUS.

Le notaire !

BIMOUTON.

Il vient pour le contrat.

TOUS.

Le contrat?

AJAX, à part.

Ah! fichtre!... et moi qui n'ai pas de...

SCÈNE XIV

Les Mêmes, UN COCHER.

LE COCHER, entrant par le fond un paquet à la main *.

Pardon, excuse, mes bourgeois, c'est un paquet qu'on a laissé dans ma boîte, et que je rapporte.

AJAX, prenant le paquet.

Ce sont elles!... ô bonheur !

ZOÉ.

Quand je vous disais qu'elles n'étaient pas perdues...

LE COCHER.

Y a-t-il un pourboire ?

AJAX, à part, avec une grimace.

Hagne!... (Haut.) Beau-père, donnez donc cent sous pour moi... je n'ai pas de monnaie... vous retiendrez ça sur la

Bimouton, Grivot, Zoé, le Cocher, Ajax, madame Prudlay, Prudla y.

dot! (Bimouton paye le cocher qui sort par le fond; toute la noce rentre par la gauche.)

LES GENS DE LA NOCE[*].

Eh bien, les mariés?.. (Grivot et Zoé vont à eux.)

MADAME PRUDLAY, à son mari.

Alphonse, j'étais égarée, mais je fus toujours honnête!

PRUDLAY.

C'est bon! je pardonne! mais plus de bœuf froid, sauce piquante... froide?

MADAME PRUDLAY.

Jamais! je le jure!

PRUDLAY, à part.

Elle est encore très-bien!

AJAX, à part.

Enfin, je les tiens donc! ça n'est pas sans peine!

AIR de la Ronde de table de la première scène.

Plus de tracas, plus de souci!

TOUS.

De souci!

ZOÉ.

Enfin, l'mystère est éclairci!

TOUS.

Éclairci!

AJAX à Zoé.

De tout c'mic-mac, pour êtr' sincère,
C'est toi que l'on doit accuser.

ZOÉ.

J'en conviens... mais ce soir, j'espère,
Que chacun daign'ra m'excuser.
(Au public.)

En tremblant,
Lorsque la coupable
Attend votr' jug'ment,
Puissiez-vous gaîment,
Imitant
Notr' ronde de table,
Punir en frappant
Pan, pan, pan, pan, pan, pan!

CHŒUR GÉNÉRAL.

En tremblant,
Lorsque la coupable... Etc.

[*] Bimouton, Grivot, Zoé, Ajax, madame Prudlay, Prudlay.

FIN

Imprimerie de L. TOINON et Cie, à Saint-Germain.